Disney

ズートピア

スーザン・フランシス 作
橘高弓枝 訳

ジュディ・ホップス
JUDY HOPPS

理想《りそう》を高《たか》くもった、
がんばりやの女《おんな》の子《こ》。
ズートピア初《はつ》の
うさぎの警察官《けいさつかん》となる。

ニック・ワイルド
NICK WILDE

口《くち》のうまい、
ぺてん師《し》のきつね。
ズートピアの街《まち》を
知《し》りつくしている。

ボニー・ホップス　スチュー・ホップス

BONNIE HOPPS　**STU HOPPS**

ジュディの両親《りょうしん》。
にんじん農場《のうじょう》を
経営《けいえい》している。

ボゴ

BOGO

ズートピア警察署長《けいさつしょちょう》。
無愛想《ぶあいそう》な水牛《すいぎゅう》。

クロウハウザー

CLAWHAUSER

ズートピア警察《けいさつ》で
受付係《うけつけがかり》をしているチーター。

フィニック

FINNICK

ニックのぺてん師《し》仲間《なかま》の
フェネックギツネ。

CHARACTERS
おもな登場《とうじょう》キャラクター

レオドア・ライオンハート
LEODORE LIONHEART

ズートピアの市長《しちょう》。

ベルウェザー
BELLWETHER

ズートピアの副市長《ふくしちょう》をつとめる羊《ひつじ》。

フルー・フルー
FRU FRU

ミスター・ビッグの娘《むすめ》。

ミスター・ビッグ
MR. BIG

裏社会《うらしゃかい》のボスとして君臨《くんりん》するトガリネズミ。

エミット・オッタートン
EMMIT OTTERTON

行方不明《ゆくえふめい》になったカワウソ。

フラッシュ
FLASH

免許《めんきょ》センターに勤《つと》める
ナマケモノ。

ヤックス
YAX

ナチュラリスト・クラブの
受付係《うけつけがかり》をしているヤク。

デューク・ウィーゼルトン
DUKE WEASELTON

こそどろのイタチ。

〈にんじんの日《ひ》フェスティバル〉の劇《げき》で主役《しゅやく》を演《えん》じるジュディは、大《おお》きくなったら警察官《けいさつかん》になりたいという夢《ゆめ》をもっている。

やがて、おとなになったジュディは、幼《おさな》いころの夢《ゆめ》をかなえ、ズートピア初《はつ》のうさぎの警察官《けいさつかん》となった。
あらゆる動物《どうぶつ》が平和《へいわ》にくらし、夢《ゆめ》をかなえられる理想《りそう》の楽園《らくえん》ズートピアをまもっていくのだ。

いよいよ初出勤《はつしゅっきん》の日《ひ》。警察署《けいさつしょ》にいるのは、署長《しょちょう》のボゴをはじめ、
体《からだ》の大《おお》きな動物《どうぶつ》ばかりだが、ジュディは気《き》にしない。

街《まち》で駐車《ちゅうしゃ》違《い》反《はん》をとりしまっていると、あやしいきつねをみつけた。ぺてん師《し》ニック・ワイルドだ。

イタチのどろぼうが、小動物《しょうどうぶつ》たちのくらす地区《ちく》に逃《に》げこんだ。
小《ちい》さな体《からだ》が役《やく》に立《た》ち、ジュディは見事《みごと》、イタチを逮捕《たいほ》する。

ズートピアでは、最近《さいきん》、連続《れんぞく》行方《ゆくえ》不明《ふめい》事件《じけん》が発生《はっせい》していた。
ジュディは、姿《すがた》を消《け》したカワウソの捜査《そうさ》をかってでる。だが、
署長《しょちょう》からあたえられた期限《きげん》は48時間《じかん》。失敗《しっぱい》したら、くびだ。

ジュディは、この街《まち》にくわしいニックをまきこみ、カワウソの足《あし》どりを調《しら》べはじめる。

最後《さいご》にカワウソに会《あ》ったというジャガーが、とつぜん凶暴《きょうぼう》になり、おそいかかってきた。

ジャガーがいなくなり、署《しょ》長《ちょう》から責《せ》められるジュディ。ニックはジュディをかばい、名案《めいあん》を思《おも》いつく。ふたりは捜査《そうさ》のため、副市《ふくし》長《ちょう》に協力《きょうりょく》をもとめた。

ついに行方不明者《ゆくえふめいしゃ》たちをみつけた！　しかし、なぜか全員《ぜんいん》が凶《きょう》暴《ぼう》になって、おりに入《い》れられている。

凶暴《きょうぼう》になるのは肉食動物《にくしょくどうぶつ》の本能《ほんのう》──ジュディのことばが、平和《へいわ》な街《まち》に波紋《はもん》をひろげた。仲《なか》よくくらしていた動物《どうぶつ》たちが、いさかいをはじめ、ニックも反発《はんぱつ》してはなれていった。

街《まち》の平和《へいわ》をまもれなかった……。ジュディは警察官《けいさつかん》をやめ、故《こ》郷《きょう》のにんじん農場《のうじょう》に帰《かえ》った。
そこで、事件《じけん》の真相《しんそう》にせまるヒントをみつける。

DISNEY ズートピア

CONTENTS

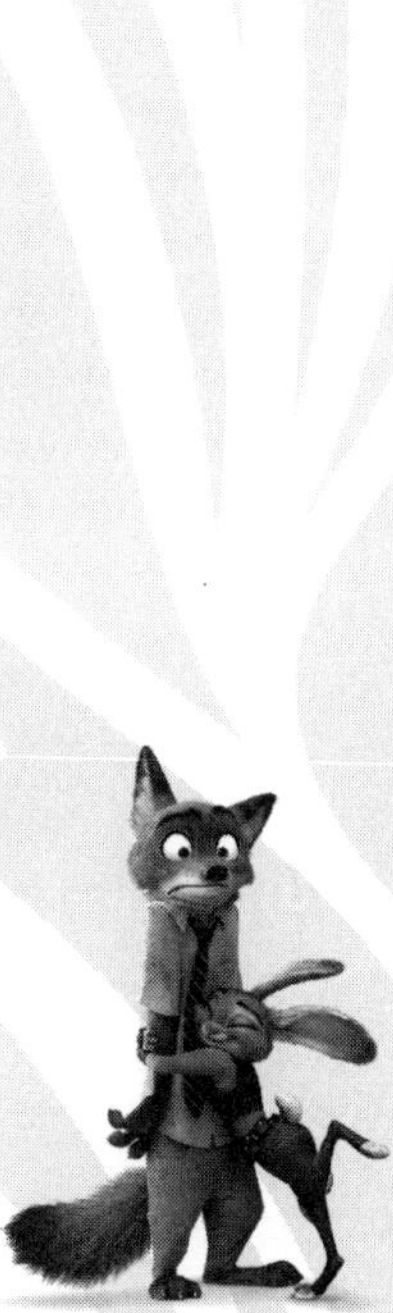

1　にんじんの日《ひ》フェスティバル

あらあらしい吠《ほ》え声《ごえ》が、のどかないなか町《まち》、バニーバロウの大《おお》きな納屋《なや》にこだまする。この納屋《なや》が、お芝居《しばい》の舞台《ぶたい》だ。

まもなく、灰色《はいいろ》うさぎの女《おんな》の子《こ》が、にわか作《づく》りの舞台《ぶたい》にさっそうと登場《とうじょう》した。この少女《しょうじょ》の名前《なまえ》は、ジュディ・ホップス。ジュディはボール紙《がみ》や板《いた》でこしらえたジャングルの中《なか》をさまよいながら、はっきりとした大《おお》きな声《こえ》でいった。

「数千年前《すうねんまえ》は、暴力《ぼうりょく》がわたしたちの世界《せかい》を支配《しはい》していました。弱《よわ》い動物《どうぶつ》たちは、たえずびくびくしながらくらしていたのです。たけだけしい肉食動物《にくしょくどうぶつ》たちは……。」

と、いきなり、暗《くら》がりからジャガーがおどりでてきた！　ジュディはたおされ、もみくちゃにされながらさけんだ。

「……たえず、えものの血《ち》と肉《にく》を求《もと》めていました！」

舞台《ぶたい》の上《うえ》のジャングルは、ぶきみなしずけさにつつまれた。目《め》をこらし、かたずをのむ観客《かんきゃく》の前《まえ》で、ジュディはむっくりと起《お》きあがり、ほほえんだ。

その直後《ちょくご》、ジャガーと羊《ひつじ》の男《おとこ》の子《こ》が舞台《ぶたい》の中央《ちゅうおう》にすすみでて、〈にんじんの日《ひ》のお芝居《しばい》〉と書《か》かれた横断幕《おうだんまく》をひろげてかかげる。

うさぎのジュディは演技《えんぎ》をつづけた。

「凶暴《きょうぼう》な肉食動物《にくしょくどうぶつ》と、おとなしい草食動物《そうしょくどうぶつ》――むかしの世界《せかい》は二つにわかれていました。」

ふいに、天井《てんじょう》から二つの大《おお》きな段《だん》ボール箱《ばこ》が落《お》ちてきた。クレヨンで〝凶暴《きょうぼう》な動物《どうぶつ》〟と書《か》かれた箱《はこ》をジャガーが、そして、〝おとなしい動物《どうぶつ》〟と書《か》かれた箱《はこ》をジュディが頭《あたま》からすっぽりかぶった。

白《しろ》い衣装《いしょう》をつけた羊《ひつじ》の子《こ》が、段《だん》ボールでつくった虹《にじ》をかぶり、即興《そっきょう》のダンスをしはじめた。箱《はこ》からぬけだしたジュディとジャガーも、羊《ひつじ》とおそろいの白《しろ》い衣装《いしょう》をまとっている。

「でも、わたしたちは進化《しんか》して、原始的《げんしてき》でも凶暴《きょうぼう》でもなくなりました。いまでは、肉食動《にくしょくどう》物《ぶつ》と草食動物《そうしょくどうぶつ》がなかよくくらしています。」

ジュディはいい、ジャガーと握手《あくしゅ》した。

ZOOTOPIA!

「わたしたちは、もうこわがらなくてだいじょうぶ。宇宙飛行士《うちゅうひこうし》にだってなれるのよ。」

羊《ひつじ》は白《しろ》い衣装《いしょう》をむしりとり、中《なか》に着《き》ている手作《てづく》りの飛行服《ひこうふく》を観客《かんきゃく》に見《み》せた。

こんどはジャガーの番《ばん》だ。

「肉食動物《にくしょくどうぶつ》が、血《ち》と肉《にく》をあさるハンターとして生《い》きる時代《じだい》はおわった。ビジネスマンになったっていいんだ。ぼくもおとなになったら、本気《ほんき》でめざすつもりだよ！」

「にんじん作《づく》りとはおわかれして、動物《どうぶつ》の世界《せかい》をもっとくらしやすくしたい――弱《よわ》い生《い》き物《もの》をまもるために！　わたしの将来《しょうらい》の夢《ゆめ》は……。」

ジュディは白《しろ》い衣装《いしょう》をぬぎすてると、舞台《ぶたい》の中央《ちゅうおう》に立《た》ち、青《あお》い制服《せいふく》と帽子《ぼうし》をつけて胸《むね》をはった。

「警察官《けいさつかん》です！」

観客席《かんきゃくせき》にいるきつねのギデオン・グレイが、仲間《なかま》に顔《かお》をよせてくすくす笑《わら》った。

「うさぎの警察官《けいさつかん》だってさ。くだらない！」

「ええ、むりかもしれません……心《こころ》のせまいひとには。」

きつねの声《こえ》がきこえたかのように、ジュディはいい、悪《わる》がきのギデオンを指《ゆび》さした。

「あなたのことをいってるのよ、ギデオン・グレイ。」

指《ゆび》をパチンと鳴《な》らすと、舞台《ぶたい》いっぱいをしめる大《おお》きな背景《はいけい》が天井《てんじょう》からおりてきた。背景《はいけい》には、高層《こうそう》ビルが立《た》ちならぶ、はなやかな街《まち》の絵《え》がかかれている。

「ここから三百五十キロほど先《さき》に、大都会《だいとかい》……ズートピアがあります。わたしたちの先祖《せんぞ》が初《はじ》めて手《て》をつなぎ、平和《へいわ》にくらしはじめた街《まち》です。そして、モットーとしてかかげたのは、〝だれもが夢《ゆめ》をかなえられる街《まち》！〟。お芝居《しばい》は、これでおわりです。みなさん、ありがとう。」

最後《さいご》にジュディがおじぎすると、観客《かんきゃく》たちはいっせいに拍手《はくしゅ》した。その中《なか》には、ジュディの父《ちち》スチューと、母《はは》ボニーの姿《すがた》もあった。

それからほどなく、ジュディは警察官《けいさつかん》の服装《ふくそう》のままで両親《りょうしん》といっしょに納屋《なや》をあとにした。明《あか》るい日《ひ》ざしがふりそそぐ外《そと》の広場《ひろば》では、〈にんじんの日《ひ》フェスティバル〉にくりだした動物《どうぶつ》たちが、屋台《やたい》めぐりやゲームや乗《の》り物《もの》を楽《たの》しんでいる。

広場《ひろば》を歩《ある》きながら、スチュー・ホップスは娘《むすめ》に話《はな》しかけた。

「ジュディ、どうしてママとパパがこんなに幸《しあわ》せになれたか、わかるかい？」

「ううん、わかんないわ。」

ジュディは首《くび》をふった。

「夢《ゆめ》をすてて、バニーバロウにおちついたからだよ。そうだろ、ボニー？」

ボニーはうなずいた。

「そのとおりね、スチュー。この町《まち》に住《す》みついて、幸《しあわ》せになろうとしたわ。」

「いまの自分《じぶん》に満足《まんぞく》することが肝心《かんじん》だ、ジュディ。新《あたら》しいことをためそうとしなければ、失敗《しっぱい》することもない。」

「でも、わたしは、ためしになにかやってみるのが好《す》きだもん。」

母《はは》のボニーは娘《むすめ》に目《め》をやった。

「パパがいおうとしているのはね、ジュディ、あなたが警察官《けいさつかん》になるのはむずかしい……いいえ、むりだってことなの。」

「これまで、警察官《けいさつかん》になったうさぎなんていないんだよ。」

「わたしが最初《さいしょ》の警察官《けいさつかん》になるわ！　この世界《せかい》を、もっと住《す》みよい場所《ばしょ》にしたいの。」

ジュディはきっぱりと答《こた》えた。

「しかし……考《かんが》えてごらん。住《す》みよい世界《せかい》にしたいなら、農場《のうじょう》でにんじん作《づく》りをするのがいちばんだ。」

スチューは娘《むすめ》を説得《せっとく》しようとした。

「そうよ！　パパとママと、あなたのたくさんのきょうだいが、にんじん作《づく》りでこの町《まち》をすてきな場所《ばしょ》にしているわ。」

「たしかに！　にんじん農場《のうじょう》はりっぱな仕事《しごと》だ。」

しかし、ジュディはほかのほうへ気《き》をとられていた。ギデオン・グレイと悪《わる》がき仲間《なかま》が子羊《こひつじ》たちのあとをつけているのを目《め》にしたからだ。ジュディはピンとくるものを感《かん》じて、そっとギデオンを追《お》いはじめた。

「わかるでしょ、ジュディ？　夢《ゆめ》をもつのは悪《わる》いことじゃないわ。」

ボニーはいった。

「そうとも。だいそれた夢《ゆめ》をかなえようとさえしなければな。」

スチューはことばをきり、あたりを見《み》まわした。

「ジュディ？　あの子《こ》はどこへ行《い》ったんだ？」

2　勇敢《ゆうかん》な女《おんな》の子《こ》

ジュディはひそかに、ずるがしこいきつねのようすをうかがった。ギデオンは羊《ひつじ》たちをおどしているようだ。

「いますぐ券《けん》をよこせ。さもないと、そのちっぽけなしりをけとばすぞ。」

ギデオンはお祭《まつ》りの乗《の》り物券《ものけん》をひったくると、その券《けん》で羊《ひつじ》の女《おんな》の子《こ》のおしりをぺんぺんして鳴《な》き声《ごえ》をまねた。

「さあ、どうする？　泣《な》くのか？　メーメー。」

「やめて、ギデオン！」

女《おんな》の子《こ》はさけんだ。

「ちょっと！　きこえたでしょ？　やめなさいよ。」

見《み》かねたジュディが割《わ》って入《はい》った。

ギデオンはジュディをふりかえり、服装《ふくそう》を見《み》てせせら笑《わら》った。

「いかしたかっこうだな、負《ま》け犬《いぬ》め。うさぎが警官《けいかん》になれるだって？　いったいおまえはどんな世界《せかい》に住《す》んでるんだ？」

ジュディはいやみをうけながし、おだやかにいった。

「その子《こ》たちに券《けん》をかえしてあげて。」

ギデオンはうなり、乗《の》り物券《ものけん》をポケットにつっこんだ。

「ほら、とりかえせよ。ただし、気《き》をつけろ。おれはきつねだ。さっきのつまんない芝居《しばい》の中《なか》でいってたように、むかしの肉食動物《にくしょくどうぶつ》は草食動物《そうしょくどうぶつ》をあさってた。おれたちのDMA《ディーエムエー》には、いまも殺《ころ》しの本能《ほんのう》があるんだ。」

「DMA《ディーエムエー》じゃなくてDNA《ディーエヌエー》だ。」

仲間《なかま》のオオカミがギデオンに耳《みみ》うちする。

「うるさいぞ。わかってるさ。」

ギデオンはいらだたしげにいった。

「あなたなんかこわくないわ。」

ジュディは平然《へいぜん》といいかえした。

と、ふいに、ジュディはギデオンに強《つよ》くおされ、地面《じめん》にドスンとしりもちをついた。

「どうだ。こわくなったか？」

ギデオンは口《くち》をゆがめ、にくにくしげにいった。

羊《ひつじ》の子《こ》どもたちは木《こ》かげにかくれ、ジュディだけがその場《ば》にのこされた。

「こいつの鼻《はな》を見《み》ろ。ひきつってるぜ。おびえてるんだ！」

オオカミがからかった。

「泣《な》けよ、うさちゃん、泣《な》きわめけ……。」

ギデオンのあざけりがおわらないうちに、バシッ！　ジュディの両足《りょうあし》げりがギデオンの顔《かお》に命中《めいちゅう》した。ふいをつかれてたおれたギデオンは、かっとして起《お》きあがった。

「しつこいやつだ。」

いうなり、するどいつめをむきだしにしてジュディの顔《かお》をひっぱたいた。その一撃《いちげき》で、皮膚《ひふ》が切《き》れて血《ち》がにじんだ。ギデオンは手《て》かげんしなかった。間髪《かんはつ》いれず、ジュディをたおして地面《じめん》に顔《かお》をおしつける。

「これでよーくわかっただろ？　おまえは、にんじん農場《のうじょう》のまぬけなうさぎにすぎないんだ。ほかの仕事《しごと》ができるなんて考《かんが》えるな。」

ギデオンは冷《ひ》ややかにいい、仲間《なかま》といっしょに笑《わら》いながら歩《ある》きだす。

ジュディは体《からだ》を起《お》こして、ほおの血《ち》をぬぐい、悪《わる》がきたちのうしろ姿《すがた》をにらみつけた。

「わあ、血《ち》が出《で》てるよ。」

木《こ》かげから出《で》てきた羊《ひつじ》の男《おとこ》の子《こ》が、思《おも》わず声《こえ》をあげた。

「だいじょうぶ、ジュディ？」

ギデオンに乗《の》り物券《ものけん》をうばわれた女《おんな》の子《こ》が問《と》いかける。

ジュディは大《おお》きく息《いき》をすうと、ポケットからなにかをとりだし、にっこりした。

「はい、どうぞ。」

「券《けん》をとりかえしてくれたのね！」

女《おんな》の子《こ》は歓声《かんせい》をあげた。

ギデオンにたおされたとき、ポケットから少《すこ》しだけのぞいている券《けん》をすばやくひきぬいたのだ。

「びっくりだ！　すごいよ、ジュディ！」

羊《ひつじ》の男《おとこ》の子《こ》も目《め》をまるくしてさけんだ。

「ギデオン・グレイのいってることとって、めちゃくちゃだわ。」

女《おんな》の子《こ》がいいそえた。

ジュディは帽子《ぼうし》をひろいあげると、土《つち》をはらってかぶりなおし、決意《けつい》をこめた表情《ひょうじょう》で前《ぜん》方《ぽう》を見《み》すえた。

「ギデオンは一つだけ正《ただ》しいことをいったわ。あたしはしつこいの。なにがあっても、けっしてあきらめないわ！」

3　ズートピア警察学校《けいさつがっこう》

それから十五年後《ねんご》、ジュディ・ホップスは、おさないころからの夢《ゆめ》をかなえるために警《けい》察学校《さつがっこう》に入学《にゅうがく》した。きびしい訓練《くんれん》のつみかさねが、警察官《けいさつかん》になるための第一歩《だいいっぽ》だ。

ゾウ、サイ、水牛《すいぎゅう》——まわりの屈強《くっきょう》な生徒《せいと》たちよりも体《からだ》はずっと小《ちい》さいけれど、ジュディにはだれにも負《ま》けない強《つよ》い意志《いし》がある。

とはいえ、小《ちい》さな体《からだ》には筋肉《きんにく》トレーニングがいちばんつらい。訓練生《くんれんせい》は、ズートピアにあるさまざまな気候《きこう》の地区《ちく》に合《あ》わせた模擬訓練装置《もぎくんれんそうち》をつかいながら、あらゆる障害《しょうがい》を切《き》りぬけなければならないのだ。

ズートピアの街《まち》には、動物《どうぶつ》の生態系《せいたいけい》に合《あ》わせてつくられた十二の地区《ちく》がある。凍《こお》りつくようなツンドラ・タウンから灼熱《しゃくねつ》のサハラ・スクエアまで、気候《きこう》も地形《ちけい》もまったくちがい、生息地《せいそくち》に応《おう》じていろいろな動物《どうぶつ》たちがくらしている。氷《こおり》のかべをよじのぼり、焼《や》けつくような砂嵐《すなあらし》をのりきる体力《たいりょく》がなければ、とうてい警察官《けいさつかん》にはなれない。

小《ちい》さなジュディは失敗《しっぱい》が多《おお》かった。しかし、くじけそうになるたびに、両親《りょうしん》や教官《きょうかん》のことば、そしてギデオン・グレイのあざけりを思《おも》いうかべて気力《きりょく》をかきたて、歯《は》をくいしばってがんばった。うさぎだって警官《けいかん》になれる！　きっとなってみせるわ！

訓練《くんれん》が最終週《さいしゅうしゅう》に入《はい》るころには、うさぎ特有《とくゆう》の強《つよ》い脚力《きゃくりょく》とするどい聴覚《ちょうかく》、そして持《も》ち前《まえ》の機知《きち》や忍耐力《にんたいりょく》を駆使《くし》して、不利《ふり》な条件《じょうけん》をことごとくはねのけ、警察官《けいさつかん》としての資質《ししつ》があることを証明《しょうめい》した。格闘技《かくとうぎ》のトレーニングでは、自分《じぶん》のサイズの十倍《ばい》もある大《おお》きなサイをたおしたことさえあった。

そしてついに卒業式《そつぎょうしき》をむかえ、小《ちい》さなジュディも、長《なが》く苦《くる》しい訓練《くんれん》をのりきった卒業生《そつぎょうせい》として胸《むね》をはって出席《しゅっせき》した。

ズートピア市《し》の市長《しちょう》をつとめるライオン、レオドア・ライオンハートが演壇《えんだん》に立《た》った。

「どの動物《どうぶつ》にとっても平等《びょうどう》な街《まち》をめざす政策《せいさく》のもと、初《はつ》の卒業生《そつぎょうせい》が誕生《たんじょう》したことをほこらしく思《おも》います。では、警察学校《けいさつがっこう》を首席《しゅせき》で卒業《そつぎょう》した生徒《せいと》を発表《はっぴょう》しましょう。ズートピアで初《はつ》のうさぎ警察官《けいさつかん》、ジュディ・ホップスです。ベルウェザー副市長《ふくしちょう》、バッジは？」

INTEGRITY
BRAVERY
POLICE

ライオンハート市長《しちょう》は、近《ちか》くに立《た》っている小柄《こがら》な羊《ひつじ》に声《こえ》をかけた。

「ああ、そうでした！」

めがねをかけた女性《じょせい》の羊《ひつじ》、ベルウェザー副市長《ふくしちょう》は、ややあわてぎみに答《こた》えた。

「ジュディ、きみはズートピア市《し》の中心地域《ちゅうしんちいき》――シティ・センター警察管区《けいさつかんく》に配属《はいぞく》される。この決定《けってい》は、市長《しちょう》として非常《ひじょう》に名誉《めいよ》なことだ。」

耳《みみ》をつんざくばかりの拍手喝采《はくしゅかっさい》をあびながら、ジュディは演壇《えんだん》にむかって歩《ある》きだした。両親《りょうしん》の拍手《はくしゅ》は、ジュディの耳《みみ》にひときわ大《おお》きくひびく。父《ちち》のスチューはすすり泣《な》きの声《こえ》さえもらした。

演壇《えんだん》にあがると、ジュディはライオンハート市長《しちょう》から卒業証書《そつぎょうしょうしょ》を手《て》わたされ、ベルウェザー副市長《ふくしちょう》から、真新《まあたら》しい制服《せいふく》の胸《むね》にズートピア警察署《けいさつしょ》のバッジをとめてもらった。

「おめでとう、ホップス警察官《けいさつかん》。」

羊《ひつじ》の副市長《ふくしちょう》が祝福《しゅくふく》する。

「せいいっぱいがんばります。警察官《けいさつかん》になるのが子《こ》どものころからの夢《ゆめ》でした。」

ジュディは目《め》をかがやかせた。

「わたしたちのような小《ちい》さな市民《しみん》にとっては、ほんとうにほこらしい日《ひ》よ。」

女性《じょせい》の副市長《ふくしちょう》が声《こえ》を落《お》としていった。

「ベルウェザー、少《すこ》し場所《ばしょ》をあけてくれんかね。」

ライオンハート市長《しちょう》がわりこみ、ジュディにとびっきりの笑顔《えがお》をむけた。

「さあ、ホップス警察官《けいさつかん》、記念撮影《きねんさつえい》だよ。にっこり笑《わら》って！」

市長《しちょう》はジュディをひきよせ、カメラの正面《しょうめん》に立《た》ってポーズをとった。副市長《ふくしちょう》もいそいそとジュディの横《よこ》にならぼうとしたが、市長《しちょう》につきとばされ、記念写真《きねんしゃしん》にくわわることができなかった。


数日後《すうじつご》、ジュディはバニーバロウの駅《えき》で両親《りょうしん》と大勢《おおぜい》のきょうだいに見送《みおく》られ、新《あたら》しい勤務地《きんむち》に旅立《たびだ》とうとしていた。

「りっぱになったわね。鼻《はな》が高《たか》いわ。」

母《はは》のボニーがうれしそうにいった。

「そうだな。だが、気《き》がかりがないわけじゃない。つまり、ズートピアには、はなやかさところわさが同居《どうきょ》してる。遠《とお》くはなれた大都会《だいとかい》だからな。」

父《ちち》のスチューは不安《ふあん》をかくしきれないようすだ。

「わたしは警察官《けいさつかん》になるためにがんばってきたのよ。夢《ゆめ》がかなったの。」

ジュディは門出《かどで》にわくわくしていたが、両親《りょうしん》を気《き》づかい、表情《ひょうじょう》には出《だ》さないようにした。

「もちろん、パパもママもよろこんでるのよ。ただ、少《すこ》しだけ心配《しんぱい》なの。」

母《はは》のボニーが補足《ほそく》する。

「いちばんの敵《てき》は、理由《りゆう》もなくこわがることよ。いつも前向《まえむ》きでいなくちゃ。」

ジュディはきっぱりといった。

「クマもいる。こわいぞ。ライオンやオオカミはいうまでもなく……。」

スチューは体《からだ》のでかい肉食動物《にくしょくどうぶつ》たちの名《な》をあげはじめた。

「オオカミ?」

ジュディはけげんな表情《ひょうじょう》でききかえす。

「……イタチも。」

「あら、あなただって、イタチとはいっしょにトランプ遊《あそ》びをしてるでしょ。」

ボニーが口《くち》をはさんだ。

「やつはぺてん師《し》だぞ。ズートピアにはイタチがごまんといる。ぺてん師《し》の代表《だいひょう》といえば、きつねだがな。いちばん、たちが悪《わる》い。」

「パパがいいたいのは、きつねの習性《しゅうせい》なの。ギデオン・グレイをおぼえてるでしょ？」

ボニーが夫《おっと》に代《か》わって説明《せつめい》する。

「ギデオンはいやなやつだけど、たまたまきつねだっていうだけよ。いじわるなうさぎだっているわ。」

「おまえのいうとおりだ。しかし、用心《ようじん》のためにこれを準備《じゅんび》した。持《も》っていきなさい。」

スチューがかばんをさしだした。

「おやつも入《はい》ってるわ。」

ボニーがいいそえた。

ジュディはかばんをあけてみた。ひとまとめにされたピンク色《いろ》のスプレー缶《かん》が見《み》える。

「きつねよけだ。」

スチューは缶《かん》の一つを手《て》にとり、説明《せつめい》した。

ボニーがうなずいた。

「そうね。安心《あんしん》できるわ。」

つぎにスチューは、てっぺんにラッパをとりつけた警報器《けいほうき》のような缶《かん》を指《ゆび》さした。

「そいつは、きつねの苦手《にがて》な……。」

「それだけあれば十分《じゅうぶん》よ。」

ボニーがさえぎり、心配性《しんぱいしょう》の夫《おっと》をなだめようとした。

「これも役《やく》に立《た》つぞ！」

スチューは電気《でんき》ショックをあたえるスタンガンをとりだした。

「スチュー、おねがいだから！　そんなものまで必要《ひつよう》ないでしょ。」

「時間《じかん》がないわ。安心《あんしん》できるなら、これを持《も》っていくわね。」

ズートピア行《ゆ》きの急行列車《きゅうこうれっしゃ》がホームに入《はい》ってきたところで、ジュディはきつねよけのスプレーをひと缶《かん》だけつかんだ。

「すばらしい！　まるくおさまったな！」

「じゃあ、行《い》くわ。元気《げんき》でね。」

ジュディは列車《れっしゃ》のほうへ歩《ある》きだす。

両親《りょうしん》は涙《なみだ》をこらえながら娘《むすめ》を見《み》おくった。と、いきなりジュディはひきかえし、父《ちち》と母《はは》の体《からだ》にうでをまわした。

「愛《あい》してるわ！」

「わたしたちもよ！」

ボニーが答《こた》えた。

ジュディはもう一度《ど》、両親《りょうしん》をぎゅっとだきしめ、それから列車《れっしゃ》にとびのった。

「おや、涙腺《るいせん》がゆるんできたぞ！　ああああーっ……。」

スチューは涙《なみだ》を流《なが》しながらさけんだ。

「スチュー、おちついて。」

ボニーは小声《こごえ》で夫《おっと》をたしなめた。

うさぎの大家族《だいかぞく》は、ジュディを乗《の》せた列車《れっしゃ》が動《うご》きだすと、ならんで走《はし》りながら手《て》をふ
り、「さようなら！」とさけんだ。

「さようなら、みんな！」

ジュディもさけびかえした。

家族《かぞく》の姿《すがた》が見《み》えなくなると、ジュディは展望車《てんぼうしゃ》の窓《まど》に歩《あゆ》みより、深呼吸《しんこきゅう》をした。それから携帯電話《けいたいでんわ》をとりだし、イヤホンを耳《みみ》にさして音楽《おんがく》をききはじめる。

新《あたら》しい生活《せいかつ》にふみだしたことを実感《じっかん》し、期待《きたい》に胸《むね》をふくらませていた。

4　都会《とかい》での新生活《しんせいかつ》

列車《れっしゃ》がカーブにさしかかったとき、ジュディは窓《まど》の外《そと》へ視線《しせん》をむけた。曲線《きょくせん》をえがく高《こう》層《そう》ビルと、はなやかにいろどられた美《うつく》しい景色《けしき》が目《め》にとびこんでくる。ジュディは思《おも》わず窓《まど》ガラスに顔《かお》をおしつけ、ズートピアの街《まち》をうっとりとながめた。

列車《れっしゃ》がズートピア中央駅《ちゅうおうえき》に到着《とうちゃく》すると、ジュディはこみあうロビーを通《とお》りぬけ、正面《しょうめん》の広場《ひろば》へ出《で》た。

信《しん》じられない！　なんてすばらしいの！　ジュディは感嘆《かんたん》のため息《いき》をもらした。イヤホンをはずして街《まち》の音《おと》に耳《みみ》をすまし、あたりを見《み》まわす。色《いろ》もサイズもさまざまな動物《どうぶつ》たちが、広場《ひろば》や通《とお》りをあわただしく行《い》きかう姿《すがた》——〝種《しゅ》のるつぼ〟と呼《よ》ぶにふさわしい街《まち》のながめだ。故郷《こきょう》バニーバロウとは、かけはなれている。まるでべつの星《ほし》に来《き》たみたい！

ジュディは携帯電話《けいたいでんわ》で市街図《しがいず》をしらべ、目的地《もくてきち》への道順《みちじゅん》をたしかめた。

アパートの建物《たてもの》を見《み》つけて中《なか》に入《はい》ると、女家主《おんなやぬし》のアルマジロが、せまい部屋《へや》に案内《あんない》してくれた。

いよいよ、今日《きょう》から都会《とかい》でのひとりぐらし。でも、心細《こころぼそ》さよりも期待《きたい》のほうがずっと大《おお》きい。

「部屋《へや》のかぎをなくさないように気《き》をつけて。」

ちょうどそのとき、長《なが》い角《つの》のあるひょろりとした二人《ふたり》づれが、ろうかを通《とお》りかかった。

となりの部屋《へや》に住《す》む、レイヨウのバッキーとプロンクだ。

「こんにちは、ジュディです。おとなりに引《ひ》っ越《こ》してきました。」

ジュディは笑顔《えがお》であいさつした。

「そうか。おれたちは声《こえ》がでかいぞ。」

バッキーがいった。

「うるさくしても、謝罪《しゃざい》はあてにしないでくれよ。」

プロンクがつけくわえる。

二人《ふたり》のおとなりさんは、そそくさと自分《じぶん》たちの部屋《へや》に入《はい》り、ドアをバタンとしめた。

家主《やぬし》も立《た》ちさり、ジュディだけがのこされた。

「油《あぶら》でよごれたかべ……がたのきたベッド……。」

ジュディは室内《しつない》を見《み》まわし、つぶやいた。

と、突然《とつぜん》、となりの部屋《へや》から大《おお》きな声《こえ》がひびいてきた。振動《しんどう》で、うすいかべにかかっている額《がく》ぶちがぐらぐらゆれる。

「だまれ！」

「やかましい！　おまえこそだまれ！」

「いや、だまるのはおまえだ！」

「おかしなおとなりさんたち。でも、この部屋《へや》、気《き》に入《い》ったわ！」

ジュディは満足《まんぞく》そうに笑《わら》いながら、ベッドにとびのった。

5　新米《しんまい》の警察官《けいさつかん》

ビーッ！　ビーッ！　ビーッ！

目《め》ざまし時計《どけい》の音《おと》で、ジュディはとびおきた。

まず顔《かお》を洗《あら》い、毛《け》をとかし、口《くち》をすすぐ。それから、青《あお》い制服《せいふく》と紺色《こんいろ》のベストを着《き》て

バッジをつけ、こしにベルトをまいた。さあ、ズートピアの街《まち》をまもる準備《じゅんび》ができたわ！

ベッドわきのテーブルには、きつねよけのスプレー缶《かん》がおいてある。そちらにちらっと

目《め》をやっただけで、持《も》たずに部屋《へや》をあとにした。けれど、すぐに考《かんが》えなおして部屋《へや》にもど

り、万一《まんいち》にそなえて、こしにまいたベルトのケースに缶《かん》を入《い》れた。

ジュディはアパートを出《で》て、ズートピア警察署《けいさつしょ》にむかった。警察官《けいさつかん》としての第一《だいいち》日目《にちめ》が

はじまろうとしている！

警察署《けいさつしょ》のロビーに足《あし》をふみいれたとたん、ジュディは目《め》をまるくした。右往左往《うおうさおう》する動《どう》

物《ぶつ》の群《む》れ、犯罪者《はんざいしゃ》をひったてていくたくましい警察官《けいさつかん》――ロビー全体《ぜんたい》が雑然《ざつぜん》としていて、そうぞうしい。大柄《おおがら》な動物《どうぶつ》におされたりこづかれたりしたすえに、ようやくジュディは受《うけ》付《つけ》にたどりついた。

受付担当《うけつけたんとう》のずんぐりしたチーターは、ほかの警官《けいかん》を相手《あいて》にむだ話《ばなし》をしている。ジュディははほほえみかけたが、チーターは気《き》づかないようすだ。小《ち》さなジュディはカウンターのかげにかくれてしまい、受付係《うけつけがかり》の目《め》に入《はい》らなかったのだ。

「すみません！　ここです。下《した》よ！　おはようございます。」

ジュディは呼《よ》びかけた。

チーターは身《み》をのりだしてカウンターの下《した》をのぞき、やっとジュディに気《き》がついた。

「なんと！　本気《ほんき》でうさぎをやとったのか。たまげたね！　思《おも》っていたよりずっと小《ち》さくてかわいいじゃないか。」

ジュディは顔《かお》をしかめた。

「えっと、わたしたちうさぎにとって、〝小《ち》さくてかわいい〟っていうことばは……。」

「おお！　すまんね。おれの名《な》は、ベンジャミン・クロウハウザー。ドーナッツ好《ず》きの警《けい》

官《かん》だ。」

ジュディはにっこりした。人《ひと》のよさそうな警察官《けいさつかん》だわ。

「点呼《てんこ》の時間《じかん》におくれたくないの。どちらへ行《い》けば……？」

「ひかえ室《しつ》は、あのむこう、左《ひだり》がわだよ。」

クロウハウザー警察官《けいさつかん》は、好物《こうぶつ》のドーナッツをほおばりながら指《ゆび》さした。

「ありがとう！」

ジュディは礼《れい》をいい、足早《あしばや》に立《た》ちさった。

「かわいそうに……使《つか》いっ走《ぱし》りをさせられるのがおちだ。」

クロウハウザーはジュディのうしろ姿《すがた》を見《み》ながらつぶやいた。

ひかえ室《しつ》では、サイ、水牛《すいぎゅう》、カバ、ゾウの警察官《けいさつかん》が仕事《しごと》の準備《じゅんび》をしていた。どの警察官《けいさつかん》もジュディよりはるかに大《おお》きく、高《たか》い塔《とう》のようにそびえている。けれど、ジュディは気《き》にせず、でかいいすによじのぼり、となりの席《せき》に顔《かお》をむけた。

「おはよう。わたしはホップス警察官《けいさつかん》よ。いっしょにがんばりましょう。」

マクホーンという名札《なふだ》をつけた巨大《きょだい》なサイの警察官《けいさつかん》に声《こえ》をかけ、右手《みぎて》をさしだした。

サイのマクホーンは鼻《はな》を鳴《な》らし、気乗《きの》りしないようすでジュディの手《て》に軽《かる》くこぶしをあてた。それだけで、ジュディはいすからころげ落《お》ちそうになった。

「気《き》をつけ！」

突然《とつぜん》、どら声《ごえ》がひびいた。ズートピア警察署《けいさつしょ》の署長《しょちょう》をつとめる水牛《すいぎゅう》のボゴが、部屋《へや》に入《はい》ってきたのだ。

警察官《けいさつかん》たちはいっせいに立《た》ちあがり、気《き》をつけの体勢《たいせい》になった。

ボゴ署長《しょちょう》はデスクにつき、書類《しょるい》をつかんだ。

「よかろう。みんな、着席《ちゃくせき》しろ。さて、今日《きょう》つたえるのは三つだ。まず初《はじ》めに、この部屋《へや》にいるゾウに注目《ちゅうもく》しなければならん。」

BOGO

ボゴ署長《しょちょう》はぶあいそうな顔《かお》で、ひときわ大《おお》きい女性警察官《じょせいけいさつかん》をあごでしめした。

「フランシーヌ、誕生日《たんじょうび》おめでとう。」

仲間《なかま》たちの拍手《はくしゅ》とはやしたてる声《こえ》をあびて、内気《うちき》なゾウは顔《かお》を赤《あか》らめた。

「つぎに、紹介《しょうかい》すべき新米巡査《しんまいじゅんさ》がいるんだが、省略《しょうりゃく》する。まだ見習《みなら》いだからな。」

ジュディは胸《むね》をときめかせ、そのあと、ちょっとがっかりした。

水牛《すいぎゅう》のボゴ署長《しょちょう》は掲示板《けいじばん》の地図《ちず》を指《ゆび》さした。地図《ちず》のあちこちに、押《お》しピンで動物《どうぶつ》の写真《しゃしん》がとめられている。

「最後《さいご》に……十四件《けん》もの行方不明事件《ゆくえふめいじけん》が発生《はっせい》している。十四件《けん》だぞ！　肉食動物《にくしょくどうぶつ》ばかりだ。市長《しちょう》からも、早《はや》く事件《じけん》を解決《かいけつ》しろとしりをたたかれている。」

署長《しょちょう》は警察官《けいさつかん》たちに任務《にんむ》をわりあてはじめた。レインフォレスト地区《ちく》、サハラ・スクエア、ツンドラ・タウン――行方不明者《ゆくえふめいしゃ》が出《で》ている三つのエリアに警察官《けいさつかん》を数名《すうめい》ずつえらび、最後《さいご》に、ジュディのほうへ目《め》をむけた。

「さて、新米《しんまい》のホップス巡査《じゅんさ》は……。」

ジュディはきちんとすわりなおし、わくわくしながらボゴ署長《しょちょう》の指示《しじ》を待《ま》った。

署長《しょちょう》は部下《ぶか》からファイルをうけとると、おおげさに高《たか》くかかげた。

「駐車違反《ちゅうしゃいはん》の取《と》りしまりだ、以上《いじょう》。解散《かいさん》！」

同僚《どうりょう》の警察官《けいさつかん》たちは、ジュディにはまるで関心《かんしん》がなさそうだ。新米《しんまい》には目《め》もくれず、さっさと部屋《へや》から出《で》ていった。

「駐車違反《ちゅうしゃいはん》の取《と》りしまりですって？」

一瞬《いっしゅん》、ジュディはあぜんとしてつぶやき、ドアにむかう署長《しょちょう》のあとを追《お》った。

「署長《しょちょう》？　ボゴ署長《しょちょう》？」

ボゴ署長《しょちょう》はうしろをふりかえり、足《あし》もとに立《た》っている小《ちい》さなジュディを見《み》おろした。

「十四件《けん》の行方不明事件《ゆくえふめいじけん》が発生《はっせい》しているそうですが。」

ジュディはきりだした。

「だから？」

「わたしにも捜査《そうさ》をさせてください。警察学校《けいさつがっこう》をトップの成績《せいせき》で卒業《そつぎょう》しました。」

「それがどうした？」

署長《しょちょう》はするどい目《め》つきでジュディを見《み》た。

「わたしは、ただのうさぎじゃありません。」

「それなら、一日《にち》に百枚《まい》の駐車違反切符《ちゅうしゃいはんきっぷ》を切《き》るくらい、わけないだろう。」

ボゴ署長《しょちょう》はドアをたたきつけるようにして出《で》ていった。

ほかの警察官《けいさつかん》は、やりがいのある犯罪捜査《はんざいそうさ》にあたるっていうのに、どうしてわたしだけが駐車違反監視係《ちゅうしゃいはんかんしがかり》？　でも、りっぱな警官《けいかん》になるための第一歩《だいいっぽ》として欠《か》かせないなら……いいわ、完璧《かんぺき》にこなして、署長《しょちょう》をあっといわせてやるわ！

「百枚《まい》なんてかるい、かるい。二百枚《まい》の切符《きっぷ》を切《き》ってみせるわ、お昼《ひる》までにね！」

ジュディはきっぱりと自分《じぶん》にちかい、あごをぐいとあげた。

6　きつねの親子《おやこ》

ジュディは交通違反監視員《こうつういはんかんしいん》の帽子《ぼうし》とオレンジ色《いろ》のベストをつけて、専用《せんよう》カートに乗《の》りこんだ。シートベルトをしめ、アクセルペダルをふんで、ゆっくりとすすみはじめる。

駐車時間《ちゅうしゃじかん》をこえたパーキング・メーターの音《おと》をきくために、長《なが》い耳《みみ》をひねりながら、すぐれた聴力《ちょうりょく》をめいっぱい活用《かつよう》する。警報《けいほう》ブザーが鳴《な》るたびにそちらへいそぎ、駐車違反切《ちゅうしゃいはんきっ》符《ぷ》を切《き》った。ヘラジカやネズミの車《くるま》をはじめ、あらゆるサイズの車《くるま》が、ジュディのきびしい監視《かんし》の的《まと》になった。

「やった！　お昼《ひる》までに二百枚《まい》の切符《きっぷ》を切《き》ったわ。」

ジュディは得意《とくい》そうに声《こえ》をあげた。

そこで、ふたたび警報《けいほう》がひびいた。ジュディは音《おと》のするほうをふりかえった。

「二百一枚《まい》めね。」

満足《まんぞく》げにほほえみ、切符《きっぷ》を切《き》ろうとした。

と、そのとき、クラクションがとどろき、羊《ひつじ》が車《くるま》の窓《まど》から首《くび》をつきだしてどなった。

「しっかり前《まえ》を見《み》て歩《ある》け、きつね野郎《やろう》！」

ちょうど、赤《あか》い毛色《けいろ》のきつねが通《とお》りを横《よこ》ぎろうとしているところだ。ジュディはきつねをうさんくさそうに見《み》たあと、首《くび》をふって自分《じぶん》をたしなめた。理由《りゆう》もなく不審《ふしん》の目《め》をむけるなんて、だめよ。

若草色《わかくさいろ》の半《はん》そでシャツ、むぞうさにむすんだしま柄《がら》のネクタイ、灰色《はいいろ》のズボン——きつねの外見《がいけん》には、とりたてておかしなところはない。

しかし、きつねは、こそこそと〈ジャンボウズ・カフェ〉へ入《はい》っていく。やっぱりあやしいわ。ジュディも通《とお》りを横断《おうだん》し、カフェの窓《まど》ごしにそっと中《なか》をのぞいてみた。きつねの姿《すがた》はない。うーん、ますますあやしいわね。ジュディはスプレー缶《かん》をとりだし、カフェに入《はい》っていった。

〈ジャンボウズ・カフェ〉は、ゾウのジェリー・ジャンボウ・ジュニアが経営《けいえい》するアイスクリーム・パーラーだ。長《なが》い鼻《はな》の先《さき》でアイスクリームをすくってカップに入《い》れ、ナッツや

SUNDAES • CONES •

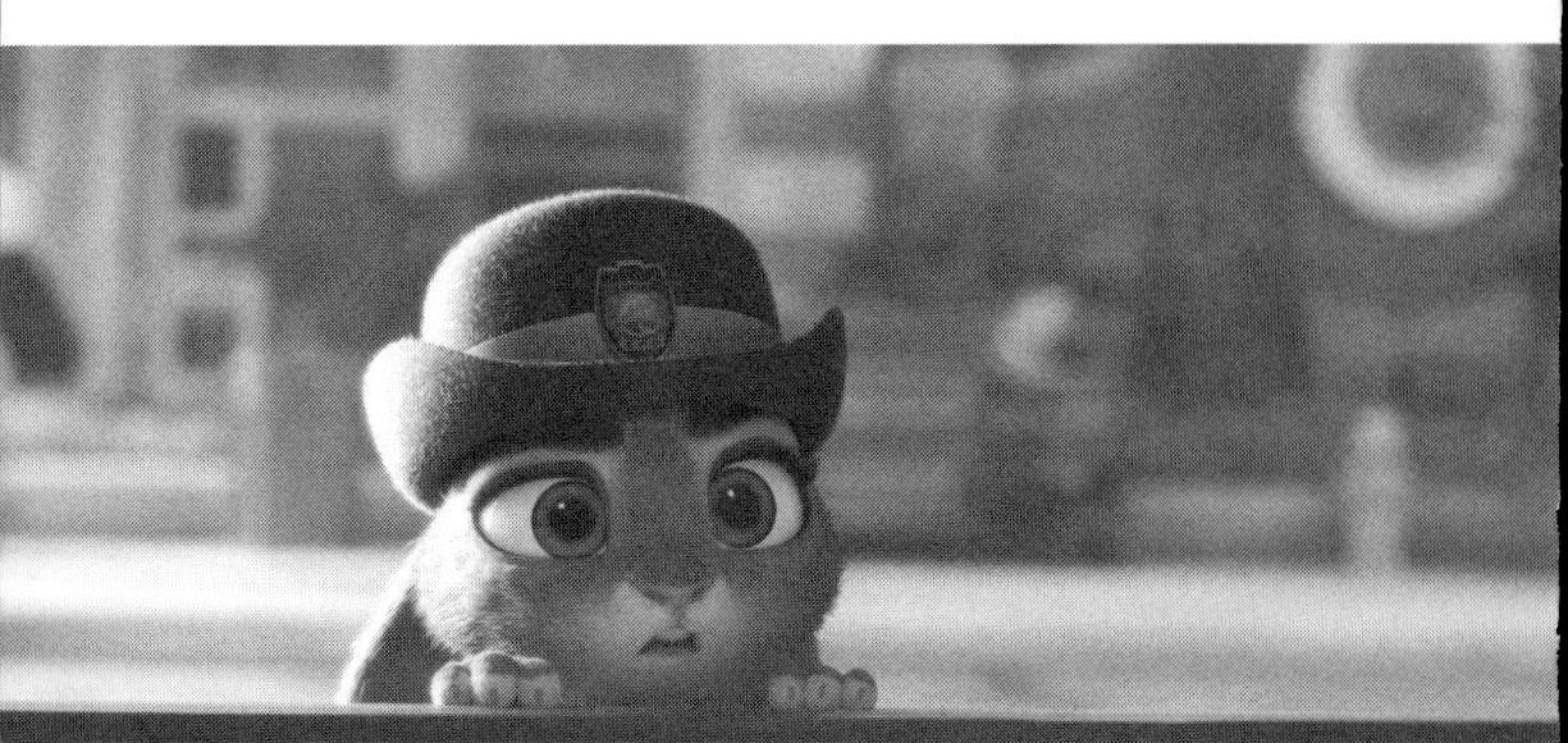

生《なま》クリームやチェリーでかざれば、おいしいサンデーができあがる。

赤毛《あかげ》のきつねは、列《れつ》をつくって待《ま》つ客《きゃく》の先頭《せんとう》にいた。

カウンターの奥《おく》にいる主人《しゅじん》のジェリーが、きつねにむかってわめいた。

「まっ昼間《ぴるま》になにをこそこそしているのか知《し》らんが、店《みせ》でもめるのはごめんだぞ。とっと出《で》てってくれ。」

「もめるつもりなんてないさ。棒《ぼう》つきのでっかいアイスがほしいだけだ。」

きつねはなにくわぬ顔《かお》つきでいい、うしろにいる子《こ》どもをひきよせた。

「息子《むすこ》のためにな。赤《あか》がいいか、それとも青《あお》にするか？」

よちよち歩《ある》きの子《こ》どもが赤毛《あかげ》のきつねの足《あし》にしがみついている姿《すがた》が、ジュディにも見《み》える。子《こ》ども思《おも》いの父親《ちちおや》を、はなからうたがってかかるなんて……わたしったら、どうかしてるわ。ジュディはぶつぶついって首《くび》をふり、店《みせ》を出《で》ようとした。

ふたたび、主人《しゅじん》の声《こえ》がした。

「アイスを売《う》ってる店《みせ》は、おまえの街《まち》にもあるだろ。」

「もちろん、あるさ。ただ……息子《むすこ》はゾウが大好《だいす》きなんだ。おとなになったらゾウになりたいとまで思《おも》ってる。どこの世界《せかい》に、子《こ》どもの夢《ゆめ》をぶちこわしたがる親《おや》がいる?」

赤毛《あかげ》のきつねの話《はなし》に、うそはなさそうだ。子《こ》ぎつねは、フードのように背中《せなか》にたらしていたゾウの着《き》ぐるみを頭《あたま》からすっぽりかぶると、長《なが》い鼻《はな》を鳴《な》らしてゾウの声《こえ》にそっくりの音《おと》を出《だ》した。

パオーン! パオーン! 鼻《はな》の中《なか》にラッパがとりつけられているようだ。

ジュディはほほえんだ。きつねよけのスプレー缶《かん》をいまもつかんでいることに気《き》がつき、いそいでケースにもどす。

「おまえには読《よ》めないかもしれんが、ここにちゃんと書《か》いてあるぞ。〝店主《てんしゅ》の判断《はんだん》で販売《はんばい》をおことわりする場合《ばあい》があっても、違法《いほう》ではありません〟とな。」

主人《しゅじん》のジェリーがいった。

「待《ま》ってる客《きゃく》のじゃまをしてるぞ。」

きつねのうしろにならんでいるゾウが、もんくをいった。

とたんに、ゾウの着《き》ぐるみをつけた子《こ》どもが泣《な》きそうな顔《かお》をした。ジュディは見《み》かねてカウンターの前《まえ》まですすみ、主人《しゅじん》のジェリーに警察官《けいさつかん》のバッジを見《み》せた。

「こんにちは、ちょっといいですか？」

「ほかの客《きゃく》のようにならんで順番《じゅんばん》を待《ま》てよ、駐車違反監視《ちゅうしゃいはんかんし》のおねえちゃん。」

主人《しゅじん》がぶっきらぼうに答《こた》えた。

「わたしは警察官《けいさつかん》よ。質問《しつもん》したかっただけなの。お客《きゃく》さんたちは、クッキーやクリームに鼻水《はなみず》がたれているのを知《し》っているの？」

「なんの話《はなし》をしてるんだ？」

ジェリーはいらだたしげにいった。

「もめごとはいやだけど、あなたは鼻《はな》に衛生《えいせい》マスクをつけずにアイスクリームをすくってるでしょ。保健条例《ほけんじょうれい》に違反《いはん》してるわ。ただし、大目《おおめ》に見《み》てもいいのよ。鼻《はな》にきちんとマスクをはめて、このやさしいパパとぼうやに売《う》ってあげればね……注文《ちゅうもん》したのは、なんでしたっけ？」

ジュディは赤毛《あかげ》のきつねに問《と》いかけ、ほほえんだ。

「ジャンボ・アイスだ。」

一瞬《いっしゅん》、主人《しゅじん》のジェリーはジュディをじっと見《み》つめ、それから口《くち》をひらいた。

「十五ドルだ。」

「たすかったよ、ありがとう。」

きつねはジュディに礼《れい》をいうと、ポケットに手《て》をつっこみ、信《しん》じられないといった表情《ひょうじょう》を見《み》せた。

「なんてこった！　財布《さいふ》をわすれてきた。すまんな、ぼうず。ひどい誕生日《たんじょうび》になった。」

きつねは息子《むすこ》にキスをし、ジュディのほうへ顔《かお》をむけた。

「いずれにしろ、ありがとう。」

きのどくな親子《おやこ》を見《み》すごしにできず、ジュディは現金《げんきん》をとりだしてカウンターにおいた。

「わたしがはらうわ。」

きつねの父親《ちちおや》が店《みせ》の主人《しゅじん》から赤《あか》いジャンボ・アイスをうけとると、ジュディは親子《おやこ》のためにドアをあけてささえた。

「なんと礼《れい》をいっていいやら。親切《しんせつ》にありがとう。なにか、おかえしできないかな？」

〈ジャンボウズ・カフェ〉を出《で》たところで、赤毛《あかげ》のきつねがいった。

「気《き》にしないで。わたしのおごりよ。きつねに対《たい》する時代《じだい》おくれの偏見《へんけん》には、いきどおりを感《かん》じるの。あなたはすてきなパパだし……自分《じぶん》の考《かんが》えをはっきりいえるタイプだと思《おも》うわ。」

「最高《さいこう》のほめことばだ。あんたのような警察官《けいさつかん》はめずらしい。恩着《おんき》せがましい、えらそうなやつがほとんどなのに。えっと、名前《なまえ》は……。」

「ホップスよ。そしてあなたは……？」

きつねのことばに皮肉《ひにく》がこめられていることに気《き》づかず、ジュディはたずねた。

「ワイルドだ。ニック・ワイルド。」

ジュディは子《こ》どものほうへ身《み》をかがめた。

「大《おお》きくなったらゾウになりたいんでしょ？　きっとなれるわ。ここはズートピア——だれもが夢《ゆめ》をかなえられる場所《ばしょ》ですもの！」

それから、警察《けいさつ》バッジをかたどったステッカーを、ぼうやの胸《むね》にはりつけた。

ニックは息子《むすこ》に巨大《きょだい》なジャンボ・アイスを手《て》わたした。

「さあ、行《い》こうか。アイスの棒《ぼう》を両手《りょうて》でしっかり持《も》てよ。そう、その笑顔《えがお》だ。誕生日《たんじょうび》のうれしそうな笑顔《えがお》！　警察官《けいさつかん》のおねえさんに、ラッパを吹《ふ》いてさようならをしろ。」

着《き》ぐるみをつけた愛《あい》らしい子《こ》どもは、ゾウの長《なが》い鼻《はな》を鳴《な》らした。

「パオーン！　パオーン！」

ジュディは楽《たの》しそうに鳴《な》き声《ごえ》をまね、スキップしながら遠《とお》ざかった。

だれかの手《て》だすけをするのって、すごくいい気分《きぶん》だわ！

7　ぺてん師《し》ニック・ワイルド

それからしばらくして、サハラ・スクエアで駐車違反《ちゅうしゃいはん》の切符《きっぷ》を切《き》っているとき、ジュディは、数《すう》ブロック先《さき》にいるニックとぼうやの姿《すがた》に気《き》がついた。

「ハーイ！　かわいいパオーンパオーンちゃん！」

ジュディは呼《よ》びかけ、手《て》をふったが、きつねの親子《おやこ》は気《き》づかなかった。

ジュディはあとを追《お》いかけようとして、突然《とつぜん》、足《あし》をとめた。きつねの親子《おやこ》がおかしなことをはじめたのだ。

まず、父親《ちちおや》のニックが建物《たてもの》の屋根《やね》にあがり、台《だい》にのせたジャンボ・アイスを日《ひ》ざしのもとでとかす。とけたアイスは赤《あか》いジュースにかわり、かわらをつたって雨《あま》どいに流《なが》れこむ。下《した》にいる息子《むすこ》が地面《じめん》にガラスびんをおき、雨《あま》どいの先《さき》から出《で》てくるジュースをうける。それがおわると、親子《おやこ》は小型《こがた》トラックの荷台《にだい》にジュース入《い》りのびんを大量《たいりょう》につみこんだ。そ

れだけではない。ニックのおさない息子《むすこ》が、トラックの運転席《うんてんせき》に乗《の》りこんだのだ！ジュディはぎょっとして、目《め》を大《おお》きく見《み》ひらいた。あんな小《ちい》さな子《こ》どもが運転《うんてん》？　どうして？　まごつき、混乱《こんらん》して、なにも考《かんが》えられない。

それでも、トラックが動《うご》きだすと、とっさにジュディはカートにとびのってあとをつけ、ズートピアでもっとも寒《さむ》いツンドラ・タウンに入《はい》っていった。

トラックからおりると、きつねの親子《おやこ》はせっせと仕事《しごと》をはじめた。息子《むすこ》が雪《ゆき》をふんで、いくつもの足型《あしがた》をつけ、父親《ちちおや》のニックは型《かた》の上《うえ》に棒《ぼう》を一本《ぽん》ずつのせていく。それから、足《あし》型《がた》にジャンボ・アイスをとかした赤《あか》いジュースを流《なが》しこむと、いくつもの小《ちい》さな棒《ぼう》つきアイスのできあがりだ！

なんて親子《おやこ》なの！　ジュディはあきれて目《め》をぱちくりさせた。

ニックたちのトラックがふたたび走《はし》りだすと、ジュディもカートに乗《の》りこんだ。きつねの親子《おやこ》は、暑《あつ》い熱帯地区《ねったいちく》のサバンナ・セントラルに車《くるま》をとめると、屋台《やたい》を組《く》みたて、小《ちい》さな棒《ぼう》つきアイスをレミングのビジネスマンむけに売《う》りはじめた。

「棒《ぼう》つきアイス！　おいしい棒《ぼう》つきアイスはいかが？」

ニックが大声《おおごえ》で売《う》りこみをはじめる。

最初《さいしょ》のレミングがアイスを買《か》うと、ほかのレミングたちもつぎつぎにつづく。たちまち、アイスは売《う》りきれた。アイスを食《た》べおわったあとの棒《ぼう》は、リサイクル用《よう》の箱《はこ》にほうりこまれた。

レミングたちが立《た》ちさると、リサイクル用《よう》の箱《はこ》のふたがひらき、フィニックという名《な》のフェネックぎつねが、ジュースで赤《あか》くそまった棒《ぼう》をかかえこんで出《で》てきた。ゾウの着《き》ぐるみをつけてニックの息子役《むすこやく》を演《えん》じていたのは、このきつねだった。体《からだ》は小《ちい》さいけれど、りっぱなおとなだ。

ジュディは自分《じぶん》の目《め》が信《しん》じられなかった。すぐにでもとびだして問《と》いつめたい衝動《しょうどう》にかられたが、それよりも、きつねたちの計画《けいかく》を最後《さいご》まで見《み》とどけるほうがだいじだ。

ジュディは尾行《びこう》をつづけた。トラックは、ネズミやリスなど小《ちい》さな動物《どうぶつ》たちがくらすリトル・ローデンシアに入《はい》ってとまった。この地区《ちく》の建物《たてもの》は、動物《どうぶつ》たちのサイズにあわせて小《ちい》さくつくられている。

ニックは荷台《にだい》から大量《たいりょう》のアイスの棒《ぼう》をおろすと、ネズミの建設作業員《けんせつさぎょういん》のところまではこんでいき、材木《ざいもく》として売《う》りはらった。

「なんで赤《あか》いんだ？」

ネズミの作業員《さぎょういん》がたずねた。

「アメリカスギだからさ。レッドウッド（赤《あか》い木《き》）っていうだろ？」

ニックは口《くち》から出《で》まかせをいって肩《かた》をすくめ、報酬《ほうしゅう》をうけとった。

ネズミがアイスの棒《ぼう》をひきずりながら立《た》ちさると、ニックは相棒《あいぼう》のもとへひきかえし、札束《さつたば》をかぞえはじめた。

「三十九……四十。ほら、おまえの取《と》り分《ぶん》だ。」

相棒《あいぼう》のフィニックは分《わ》け前《まえ》をうけとると、小型《こがた》トラックに乗《の》りこみ、ラップ・ミュージックを鳴《な》りひびかせながら走《はし》りさった。

いまだわ！　ジュディはニックの前《まえ》に立《た》ちはだかり、怒《いか》りにまかせてまくしたてた。

「あなたたちがこまってると思《おも》って、かばったのよ。それなのに、へいきでだますなんて！　うそつき！」

「いや、おれは〝ぺてん師《し》〟だよ。」

ニックは悪《わる》びれるふうもなく答《こた》えた。

「うそつきは、あいつだ。」

いいながら、ジュディのうしろを指《ゆび》さした。

ジュディはあわててふりかえったが、だれもいない。

そのすきに、ニックはさっさと逃《に》げだした。

ジュディがあわててあたりをきょろきょろすると、少《すこ》し先《さき》のまがり角《かど》に、きつねのしっぽがちらっと見《み》えた。すぐさまあとを追《お》って走《はし》っていく。

「待《ま》って、ぺてん師《し》ニック！　逮捕《たいほ》するわ！」

「どうして？」

一瞬《いっしゅん》、ジュディはことばにつまった。

「さあ……許可《きょか》なくアイスを売《う》ったとか、申告《しんこく》せずに地区《ちく》をまたいで商売《しょうばい》したとか、いんちき広告《こうこく》で……。」

「許可《きょか》はとったし、申告《しんこく》もしたさ。」

ニックはにんまりしながら二枚《まい》の許可証《きょかしょう》を見《み》せた。

「いんちき広告《こうこく》もしてないしな。」

「でも、アイスの棒《ぼう》をアメリカスギだっていったでしょ。」

「うそじゃない。赤《あか》いから赤《あか》い木《き》（レッドウッド）といったまでだ。あいにくだったな。逮捕《たいほ》できないぜ、にんじんちゃん。おれは生《う》まれたときから、ずっとこうしてくらしてきた。」

「わたしをにんじんって呼《よ》べるのは、いまだけよ。つぎからは、きっと後悔《こうかい》するわ。」

「おまえは、にんじんだらけのポダンク出身《しゅっしん》じゃないのか？」

「ちがうわ。ポダンクはディアブルック郡《ぐん》。わたしはバニーバロウで生《う》まれ育《そだ》ったのよ。」

「なるほど。じゃあ、一つ話《はなし》をきかせてやろう。身近《みぢか》に感《かん》じるかもしれないな。」

ニックは口調《くちょう》をかえて話《はな》しはじめた。

「よい教育《きょういく》をうけ、大《おお》きな夢《ゆめ》をもった、いなか娘《むすめ》のうさぎがいた。ある日《ひ》、娘《むすめ》はあこがれのズートピアに出《で》てきた。みんながなかよくくらす街《まち》だときいてたが、そんなのは、うそっぱち。だが、まだ警官《けいかん》になるという夢《ゆめ》がある。ところが、駐車違反監視員《ちゅうしゃいはんかんしいん》にしかなれない。娘《むすめ》がどんな夢《ゆめ》をいだいていようと、だれも気《き》にかけやしない。現実《げんじつ》はきびしいもんだ。夢《ゆめ》はやぶれ、娘《むすめ》は橋《はし》の下《した》でくらす、ただのうさぎになりさがる。そしてついに、故郷《こきょう》へまいもどり……出身《しゅっしん》はバニーバロウっていったか？　仕事《しごと》はにんじん作《づく》りだよな？」

ジュディはことばもなく立《た》ちつくした。おそれていることをニックにするどく指摘《してき》され、ショックをうけていた。近《ちか》くを通《とお》りかかったサイにつきとばされそうになり、ジュディはふとわれにかえった。

「気《き》をつけろ。さもないと、夢《ゆめ》は夢《ゆめ》のままでおわってしまうぞ。」

ニックが警告《けいこく》する。

「待《ま》ってよ！　わたしになにができて、なにができないか、そんなことを他人《たにん》にいわれるすじ合《あ》いはないわ！　とくに、チャレンジする度胸《どきょう》もなく、棒《ぼう》つきアイスを売《う》るだけの、こしぬけにはね。」

「威勢《いせい》だけはいいな。ズートピアへ来《く》る連中《れんちゅう》は、自分《じぶん》にはなんでもできると思《おも》ってる。だが、夢《ゆめ》と現実《げんじつ》はちがうんだ。自分《じぶん》の身《み》の丈《たけ》に合《あ》ったことしかできない。おれは、こずるいきつね、そしておまえは、まぬけなうさぎだ。」

「ひどいわ！　まぬけなうさぎなんかじゃない！」

ジュディはつめよった。

「そうだろうとも。おまえがいるのは、どろどろのセメントの中《なか》でもない。」

ジュディは、さっと足《あし》もとに視線《しせん》を落《お》とし、ため息《いき》をついた。いつのまにか、工事中《こうじちゅう》のぬかるんだセメントにひざまでつかっている！　地面《じめん》がみょうにやわらかいとは感《かん》じたけれど、まさかセメントの中《なか》に足《あし》をつっこんでいたなんて！

「おまえは本物《ほんもの》の警官《けいかん》になれっこない。おちびちゃんで、かわいいけどな。まあ、せいぜい、がんばれよ。」

それだけいって、ニックは去《さ》っていく。

ジュディはいらだちながら、べとべとのセメントから足《あし》をひきぬいた。

8　さんざんな一日《にち》

ジュディは、アパートの玄関《げんかん》マットに足《あし》をこすりつけてセメントをぬぐい、部屋《へや》に入《はい》った。ラジオをつけると、悲《かな》しい音楽《おんがく》が流《なが》れてきた。ダイヤルをまわすと、またしめっぽい音楽《おんがく》。自分《じぶん》の一日《にち》を象徴《しょうちょう》するようだ。

ブルルッ！　ブルルッ！　携帯電話《けいたいでんわ》が鳴《な》った。両親《りょうしん》からのテレビ電話《でんわ》だ。ジュディはため息《いき》をつき、むりやり笑《え》みをうかべた。

両親《りょうしん》の顔《かお》が、携帯《けいたい》の画面《がめん》に大《おお》うつしになった。

「ジュディ、一日目《にちめ》の警察《けいさつ》の仕事《しごと》はどうだったんだ？」

父《ちち》のスチューがきりだした。

「最高《さいこう》だったわ。」

ジュディはうそをついた。

「そう？　希望《きぼう》どおりだったの？」

こんどは母《はは》のボニーがたずねる。

「ええ、ばっちりよ！　みんな親切《しんせつ》だし、まるで……。」

「ちょっと待《ま》て。ボニー！　あれを見《み》ろ！」

父《ちち》が興奮《こうふん》してさえぎった。

ボニーは身《み》をのりだして画面《がめん》をのぞきこんだ。

「まあ！　ジュディ、駐車違反監視《ちゅうしゃいはんかんし》のおまわりさんになったの？」

ジュディは、いまもオレンジ色《いろ》のベストをつけたまま。帽子《ぼうし》は、いすの背《せ》もたれにかけてある。両親《りょうしん》にまる見《み》えだ。いけない、すっかりわすれていたわ！　ジュディはなんとかごまかそうとした。

「なに？　ああ、これね。臨時《りんじ》の……。」

「警察《けいさつ》でいちばん安全《あんぜん》なお仕事《しごと》だわ！」

母《はは》が、ほっとした口《くち》ぶりでいった。

「本物《ほんもの》の警察官《けいさつかん》じゃないんだな。ありがたい！」

父《ちち》もうれしそうだ。

ジュディは早《はや》く会話《かいわ》をおわらせたかった。

「電話《でんわ》で話《はな》せるのはすごくうれしいけど、今日《きょう》は長《なが》い一日《にち》だった……。」

「そうね。ゆっくり休《やす》まなきゃ！」

母《はは》のボニーがいった。

「たしかに。違反《いはん》を知《し》らせる機械《きかい》は、監視員《かんしいん》の仕事《しごと》までしてくれんからな。」

ジュディは両親《りょうしん》におやすみをいって、電話《でんわ》を切《き》った。ひどく落《お》ちこみ、のろのろとベストをぬいでラジオをつける。

「おい、しめっぽい音楽《おんがく》はやめろ！」

となりの部屋《へや》から、プロンクが大《おお》きな声《こえ》をあげた。

「監視員《かんしいん》をそっとしておいてやれ！　会話《かいわ》をきいてなかったのか？　きっと負《ま》け犬《いぬ》になった気分《きぶん》だろうよ！」

バッキーがいった。

プロンクとバッキーのやかましい話《はな》し声《ごえ》はつづいている。ジュディはラジオの音《おと》を落《お》とし、小《ちい》さくつぶやいた。

「あしたはあしたの風《かぜ》が吹《ふ》く——きっと、ちがう日《ひ》になるわ。」

「それどころか、もっとみじめな心境《しんきょう》かもな！」

プロンクがわめいた。

ジュディは心《こころ》も体《からだ》もつかれきってベッドに入《はい》り、天井《てんじょう》を見《み》ながらぼんやりと考《かんが》えた。あしたはどんな日《ひ》になるのかしら？

9 新米警察官《しんまいけいさつかん》のおてがら

あくる朝《あさ》も、ジュディは駐車場《ちゅうしゃじょう》で監視員《かんしいん》の仕事《しごと》をはじめた。駐車違反《ちゅうしゃいはん》の車《くるま》を見《み》つけて、違反切符《いはんきっぷ》をフロントガラスとワイパーのあいだにはさんだとたん、ヘラジカがわめいた。

「たった三十秒《びょう》こえただけじゃないか！」

べつの場所《ばしょ》で警報《けいほう》ブザーが鳴《な》った。ジュディはとんでいき、違反切符《いはんきっぷ》に走《はし》り書《が》きして、ワイパーのすきまにおしこんだ。

「たいしたヒーローだな！」

腹《はら》を立《た》てたネズミがさけんだ。

三枚《まい》めの違反切符《いはんきっぷ》は、カバの主婦《しゅふ》がうけとった。となりにいるカバの子《こ》が、ジュディを見《み》ながらいう。

「くたばればいいのにって、ママがいってるよ。」

つぎの違反者《いはんしゃ》はどなりちらした。

「役立《やくた》たずのうさぎめ、おれの税金《ぜいきん》で、おまえの給料《きゅうりょう》をはらってやってるんだ！」

市民《しみん》の不平《ふへい》や不満《ふまん》におおげさに反応《はんのう》していては、警察官《けいさつかん》などつとまらない。ジュディはきこえないふりをしてうけながした。

ひとくぎりついたところで、ジュディはカートに乗《の》りこみ、キーをまわした。ところが、エンジンがかからない。うんざりしてハンドルに頭《あたま》をぶつけたひょうしに、クラクションが鳴《な》った。

「わたしは本物《ほんもの》の警察官《けいさつかん》……本物《ほんもの》の警察官《けいさつかん》……。」

「おーい！」

興奮《こうふん》したブタの花屋《はなや》がカートまで走《はし》ってきて、窓《まど》をたたいた。

「おい！　きこえんのか！」

「不服申《ふふくもう》し立《た》ての場合《ばあい》は……。」

ジュディは決《き》まりもんくを口《くち》にしかけた。

「なんの話《はなし》だ？　おれの店《みせ》だよ！　たったいま、こそどろにやられたんだ！　見《み》ろ、逃《に》げていく。あんたは警官《けいかん》じゃないのか?」

ブタは息《いき》を切《き》らしながらわめいた。

「あっ、ええ、警官《けいかん》です。ご心配《しんぱい》なく。つかまえます!」

ジュディは通《とお》りに目《め》をやり、すぐに犯人《はんにん》に気《き》がついた。イタチが、かばんをかかえて走《はし》っていく。ジュディはカートからとびおり、イタチを追《お》って走《はし》りだす。

「とまりなさい! 逮捕《たいほ》します!」

「できるもんなら、つかまえてみろ!」

イタチがふりむきざまにさけんだ。

サイのマクホーン警察官《けいさつかん》の運転《うんてん》するパトカーが、タイヤをきしらせながらやってきた。

ジュディはベストと帽子《ぼうし》をぬぎすて、大声《おおごえ》でいった。

「最初《さいしょ》に通報《つうほう》をうけたのは、ホップス警察官《けいさつかん》です! わたしがどろぼうを追跡《ついせき》します!」

ジュディはイタチを追《お》って、サバンナ・セントラル地区《ちく》にかけこんだ。通《とお》りで巨大《きょだい》なゾウにぶつかったが、ひるまず走《はし》りつづける。図体《ずうたい》のでかい警察官《けいさつかん》たちもあとにつづいた。

やがて、イタチはアーチ形《がた》のせまい門《もん》をぬけて、リトル・ローデンシアに入《はい》りこんだ。

この地区《ちく》は、通《とお》りも建物《たてもの》も小《ちい》さくつくられているため、大《おお》きな警察官《けいさつかん》たちは門《もん》をくぐることができない。小柄《こがら》なジュディだけは、なんとか通《とお》りぬけた。

「とまれ！」

ジュディは走《はし》りながら、イタチに命令《めいれい》した。

「おい、監視員《かんしいん》！　本物《ほんもの》の警官《けいかん》を待《ま》ってろ！」

マクホーン警察官《けいさつかん》が門《もん》のむこうから大声《おおごえ》をあげた。

リトル・ローデンシアのせまい小《ちい》さな通《とお》りでは、ジュディもイタチも地《じ》ひびきをたてて走《はし》る巨人《きょじん》のように見《み》える。

ネズミのスクールバスがイタチをさけようとして進路《しんろ》からはずれ、宙《ちゅう》にふっとんだ。とっさに、ジュディはうでをのばして空中《くうちゅう》でバスをつかみ、すんでのところで大事故《だいじこ》をふせいだ。バスを通《とお》りにおろして顔《かお》をあげると、イタチが小《ちい》さな民家《みんか》の屋根《やね》にあがっているのが見《み》えた。

イタチは屋根《やね》から屋根《やね》へととびうつり、家《いえ》をぐらつかせ、かたむかせたすえに、走《はし》るネズミの列車《れっしゃ》の屋根《やね》にとびのった。

「あばよ、おまわりさん！」

イタチはくすくす笑《わら》いながら、列車《れっしゃ》とともにはなれていく。

しかし、ジュディはあきらめなかった。すさまじいスピードで走《はし》り、ついにはイタチを列車《れっしゃ》の屋根《やね》からつき落《お》とした。通《とお》りでうさぎとイタチの追《お》いかけっこがはじまると、小《ちい》さな住民《じゅうみん》たちは悲鳴《ひめい》をあげて逃《に》げまどった。

「待《ま》ちなさい！　いますぐとまるのよ！」

「ドーナッツでも食《く》らえよ、おまわり！」

イタチはパン屋《や》の入《い》り口《ぐち》にかかっているドーナッツ形《がた》の看板《かんばん》をひっつかみ、ジュディめがけて投《な》げつけた。ところが、ねらいがそれて、看板《かんばん》はデパートから出《で》てきた若《わか》いトガリネズミたちのほうへ、はずみながらころがっていく。

「ねえ、あのヒョウ柄《がら》のレギンスを見《み》た？」

流行《りゅうこう》のドレスを着《き》て、黒髪《くろかみ》をアップにした小《ちい》さなトガリネズミの女《おんな》の子《こ》が、友《とも》だちに話《はな》しかけた。と、その瞬間《しゅんかん》、看板《かんばん》が自分《じぶん》のほうへせまってくるのを見《み》て、恐怖《きょうふ》のさけび声《ごえ》をあげた。

8

「キャーッ!」

ドーナッツの看板《かんばん》がトガリネズミにぶつかる寸前《すんぜん》、ジュディはそちらへ突進《とっしん》してドーナッツの穴《あな》にうでをつっこみ、しっかりつかんだ。それから、髪《かみ》をおしゃれにゆいあげたトガリネズミに声《こえ》をかけた。

「あなたのヘアスタイル、すてきね。」

「ありがとう。」

トガリネズミはうれしそうにいった。

と、そのすきに、イタチが逃《に》げだそうとした。ジュディはすぐさま、手《て》にした看板《かんばん》をイタチめがけて輪《わ》投《な》げのようにほうり投《な》げる。

イタチは、ドーナッツ形《がた》の輪《わ》の中《なか》に両《りょう》うでごとはさまれて身動《みうご》きできなくなり、そのままズートピア警察署《けいさつしょ》へ連行《れんこう》された。

10　カワウソの捜索《そうさく》ねがい

「イタチを逮捕《たいほ》しました！」

ジュディは受付《うけつけ》のクロウハウザー警察官《けいさつかん》のところまでイタチをひったてていき、胸《むね》をはって報告《ほうこく》した。

と、ボゴ署長《しょちょう》の部屋《へや》からいきなり、声《こえ》がとどろいた。

「ホップス！」

署長室《しょちょうしつ》に入《はい》ると、ジュディは巨大《きょだい》ないすにすわり、報告書《ほうこくしょ》に目《め》を通《とお》すボゴ署長《しょちょう》を見《み》まもった。校長室《こうちょうしつ》に呼《よ》びだされた生徒《せいと》のような気分《きぶん》だ。

「おまえは職務《しょくむ》を投《な》げだし、リトル・ローデンシアであばれまわって、小動物《しょうどうぶつ》を危険《きけん》にさらした。だが、名《な》うてのどろぼうの犯罪《はんざい》を未然《みぜん》にふせいだのもたしかだ。どれどれ、ねらったのは二ダースの……かびの生《は》えたたまねぎか。」

ボゴ署長《しょちょう》は、デスクの上《うえ》にあるかばんをのぞきこんだ。ジュディがつかまえたイタチのどろぼう——デューク・ウィーゼルトンがぬすもうとしたものだ。

「署長《しょちょう》、おことばをかえすようですが、それはたまねぎではなく、花《はな》の球根《きゅうこん》です。クロッカスの一種《いっしゅ》で、正式《せいしき》な名前《なまえ》はミドニカンパム・ホリシシアス。わたしは植物《しょくぶつ》をあつかう農場《のうじょう》で育《そだ》ったので、知《し》っています。」

「その小《ちい》さな口《くち》をとじろ。」

ボゴ署長《しょちょう》がいった。

「署長《しょちょう》、わたしは悪者《わるもの》をとらえました。それが仕事《しごと》ですから。」

「おまえの仕事《しごと》は、違反駐車中《いはんちゅうしゃちゅう》の車《くるま》に切符《きっぷ》をはることだ。」

そのとき、インターコムから受付《うけつけ》のクロウハウザーの声《こえ》がひびいた。

「署長《しょちょう》、また、オッタートン夫人《ふじん》が面会《めんかい》したいと……。」

「いまは手《て》がはなせん。」

ボゴ署長《しょちょう》はそっけなくいった。

「わかりました。今回《こんかい》は面会《めんかい》されるかどうか、知《し》りたかっただけで……。」

「とにかく、いまはだめだ！」

署長《しょちょう》はどなった。

ジュディが口《くち》をはさんだ。

「駐車違反監視員《ちゅうしゃいはんかんしいん》にはなりたくありません。わたしの希望《きぼう》は……。」

すかさず、ボゴ署長《しょちょう》はさえぎった。

「ライオンハート市長《しちょう》は、おれにことわりもなく、おまえをこの警察署《けいさつしょ》に配属《はいぞく》したんだ。」

「でも、署長《しょちょう》……。」

「おとぎ話《ばなし》の世界《せかい》では、ばかげた夢《ゆめ》でも魔法《まほう》のようにかなうだろうが、現実《げんじつ》はそうあまいもんじゃない。用《よう》はすんだ。もう行《い》け。」

と、その瞬間《しゅんかん》、カワウソのオッタートン夫人《ふじん》が部屋《へや》にとびこんできた。そのうしろから、太《ふと》ったクロウハウザー警察官《けいさつかん》がゼーゼーいいながら追《お》ってくる。

「ボゴ署長《しょちょう》、おねがいです。五分間《ふんかん》だけ、お時間《じかん》をください。」

オッタートン夫人《ふじん》はたのみこんだ。

「すみません。とめようとしたのですが、なにしろ、夫人《ふじん》の体《からだ》はつるつるしてすべりやすいもので……。さて、わたしは受付《うけつけ》にもどらなければ。」

クロウハウザーは息《いき》を切《き》らしながらいい、部屋《へや》から出《で》ていった。

「奥《おく》さん、すでに説明《せつめい》したように、われわれにできることはすべてやっています。」

署長《しょちょう》が夫人《ふじん》に答《こた》えた。

「十日間《とおかかん》も、夫《おっと》の行方《ゆくえ》がわからないままなんです。夫《おっと》の名前《なまえ》はエミット・オッタートン。」

オッタートン夫人《ふじん》は家族写真《かぞくしゃしん》をさしだした。

「それはわかっています。」

「夫《おっと》の商売《しょうばい》は花屋《はなや》で、かわいい子《こ》どもが二人《ふたり》います。家出《いえで》する理由《りゆう》がありませんわ。」

「わが署《しょ》の警察官《けいさつかん》は仕事《しごと》に追《お》われていましてね。」

「おねがいです。だれかにたのんで、エミットをさがさせてください。」

署長《しょちょう》は相手《あいて》をなんとかなだめようとしたが、夫人《ふじん》は行方《ゆくえ》知《し》れずの夫《おっと》が心配《しんぱい》だといいつづけるばかりだ。

「わたしがご主人《しゅじん》を見《み》つけます。」

ジュディが口《くち》をさしはさんだ。

ボゴ署長《しょちょう》は新米警官《しんまいけいかん》をにらみつけた。いまにもどなりそうな顔《かお》つきだ。しかし、オッタートン夫人《ふじん》はジュディをぎゅっとだきしめた。

「なんてありがたいの！　すばらしいわ、かわいいうさちゃん！　エミットを見《み》つけて、わたしと子《こ》どもたちのもとへつれもどしてちょうだい。」

ボゴ署長《しょちょう》は歯《は》ぎしりしながら、オッタートン夫人《ふじん》をドアのほうへうながした。そして、夫人《ふじん》を部屋《へや》から出《だ》すと、ジュディをふりかえってどなりつけた。

「おまえは、くびだ！」

「なぜですか？」

「署長《しょちょう》に反抗《はんこう》したからだ。ドアをあけてやるから、あのカワウソに告《つ》げてこい、〝わたしは警察《けいさつ》をくびになったので、事件《じけん》をあつかえません〟とな。」

ドアをあけたとたん、ボゴ署長《しょちょう》は、オッタートン夫人《ふじん》をだきかかえるようにして立《た》っているベルウェザー副市長《ふくしちょう》と鉢合《はちあ》わせした。

「ホップス警察官《けいさつかん》が、オッタートンさんの事件《じけん》を担当《たんとう》するんですってね！　ライオンハート市長《しちょう》も、きっとおよろこびになるわ！」

POLICE

副市長《ふくしちょう》は楽《たの》しそうにいい、携帯電話《けいたいでんわ》をとりだした。

「市長《しちょう》に知《し》らせるのはまだ……。」

署長《しょちょう》がいいかけた。

「いま、メールを送信《そうしん》したわ。この事件《じけん》は、有能《ゆうのう》な警察官《けいさつかん》が担当《たんとう》するべきなのよ！　わたしたち小《ちい》さな市民《しみん》が、力《ちから》を合《あ》わせてがんばらなくちゃね！　そうでしょ？」

羊《ひつじ》の副市長《ふくしちょう》はジュディにほほえみかけた。

「はい、足《あし》なみをそろえて！」

ジュディは答《こた》えた。

「なにか必要《ひつよう》なものがあれば、わたしに電話《でんわ》してちょうだい。市役所《しやくしょ》に友人《ゆうじん》がいるってことをわすれずに。じゃあね、失礼《しつれい》するわ！」

ボゴ署長《しょちょう》がひきつった笑《わら》いをうかべる前《まえ》に、ドアがしまった。ジュディのほうへむきなおった署長《しょちょう》は、さっき以上《いじょう》に腹《はら》を立《た》てていた。

「おまえに二日間《ふつかかん》だけ時間《じかん》をやろう。そのあいだに、エミット・オッタートンの行方《ゆくえ》をさがすんだ。」

「はい！」

ジュディは声《こえ》をはずませた。

「だが、失敗《しっぱい》したら、くびだぞ。」

ジュディは署長《しょちょう》の命令《めいれい》にさからいたかったが、少《すこ》し考《かんが》えてからうなずいた。

「わかりました。」

「よかろう。では、クロウハウザーから事件《じけん》の記録《きろく》ファイルをもらえ。」

ジュディは胸《むね》をはずませながら受付《うけつけ》にむかった。

「はいよ！　オッタートン事件《じけん》の記録《きろく》だ！」

ジュディはクロウハウザーからファイルをうけとり、あぜんとした。わずかに一枚《まい》の紙《かみ》きれだけではないか！

「これだけ？」

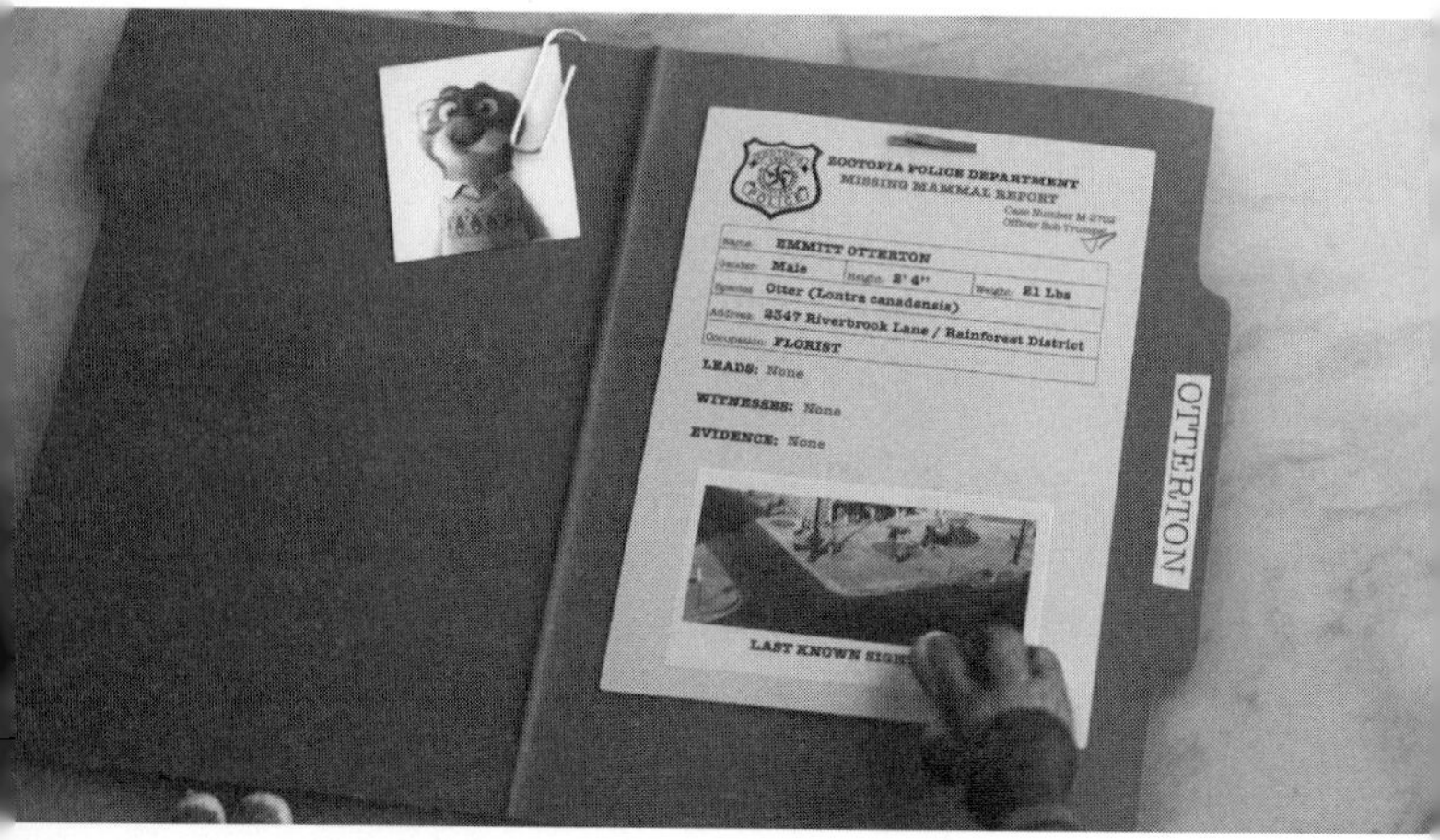

「そうだ。いままでで、いちばん情報《じょうほう》の少《すく》ない事件《じけん》だな！　手《て》がかりなし、目撃者《もくげきしゃ》なし。見習《みなら》いのきみは、まだ警察《けいさつ》のコンピュータ・システムにアクセスできないから、資料《しりょう》もなし。この捜査《そうさ》で、きみのキャリアにきずがつかないよう、いのってるよ。」

クロウハウザーはほほえんだ。

ジュディの笑《え》みはひきつった。この捜査《そうさ》に失敗《しっぱい》したら、キャリアにきずがつくどころか、くびになってしまうのだ。

クロウハウザーがほおばったドーナッツのかけらが、ファイルの写真《しゃしん》の上《うえ》に落《お》ちた。

「オッタートンさんを最後《さいご》に見《み》たのは……。」

ジュディは写真《しゃしん》に目《め》をやった。写真《しゃしん》は交通監視《こうつうかんし》カメラが撮影《さつえい》したもので、通《とお》りに立《た》つオッタートン氏《し》がうつっている。ドーナッツのくずを吹《ふ》きはらうと、オッタートン氏《し》がなにかを手《て》にしているのがわかった。顔《かお》を近《ちか》づけ、しげしげとながめたが、はっきりしない。

「それをかして。」

ジュディはクロウハウザーがつかんでいる、からになったソーダびんをうばった。びんの底《そこ》のガラスを利用《りよう》し、オッタートン氏《し》の画像《がぞう》を拡大《かくだい》して見《み》る。

こんどは、手《て》に持《も》っているものがはっきりわかった。

「棒《ぼう》つきアイスだわ。」

ジュディはつぶやいた。ニックが売《う》っていた、赤《あか》いジュースを流《なが》しこんでかためたアイスにまちがいない。

「棒《ぼう》つきアイスを買《か》って……。」

ジュディは、ぺてん師《し》ニックを尾行《びこう》したときのことを思《おも》いうかべた。

「つまり……どういうことだ？」

クロウハウザーがたずねた。

「手《て》がかりを見《み》つけたってことよ。」

ジュディはそれだけいって、警察署《けいさつしょ》をあとにした。

受付《うけつけ》のクロウハウザーは、なにがなんだかわからないままジュディを見《み》おくった。

11　事件《じけん》の手《て》がかり

ジュディはカートに乗《の》って近《ちか》くをさがしてまわり、首尾《しゅび》よくニックを見《み》つけだした。ニックは乳母車《うばぐるま》をおしながら、歩道《ほどう》をぶらぶらしているところだ。

「こんにちは！　また会《あ》ったわね。」

ジュディはほほえみかけた。

「パオーンパオーン警察官《けいさつかん》だ。」

ニックもにんまりした。

「いいえ、ホップス警察官《けいさつかん》よ。あなたをさがしてたの。ある事件《じけん》について、ききたいことがあって。」

「へえ？　だれかが工事用《こうじよう》の三角《さんかく》コーンでもぬすんだか？　おれじゃないぞ。」

ニックは、角《かど》をまがって歩《ある》きつづける。ジュディは車《くるま》のハンドルを切《き》って、ニックの前《まえ》にまわりこんだ。

「赤《あか》んぼうが起《お》きるだろ。おれには仕事《しごと》があるんだ。」

「だいじなことなのよ。あなたの棒《ぼう》つきアイスは待《ま》ってくれるわ。」

ニックはまゆをあげた。

「おれは一日《にち》に二百ドルかせぐんだ。十二のときから一年《ねん》三百六十五日《にち》、それを二十年間《ねんかん》もつづけてきた。時《とき》は金《かね》なり。だから、じゃまするな。どいてくれ。」

「おねがい、写真《しゃしん》を見《み》てくれるだけでいいの。」

ジュディはオッタートン氏《し》の写真《しゃしん》をさしだした。

「オッタートン氏《し》にアイスを売《う》ったでしょ？　知《し》り合《あ》いなの？」

「おれの知《し》らないやつなんていないさ。だが、警察《けいさつ》に協力《きょうりょく》する気《き》はない。だから、カートにもどったらどうだ？」

「わかったわ。じゃあ、あらっぽい手《て》をつかうしかないわね。」

乳母車《うばぐるま》がうごけないように、ジュディはすばやく車輪《しゃりん》どめをとりつけた。

「ニック・ワイルド、あなたを逮捕《たいほ》します。」

「なんの罪《つみ》で?」

ニックはにやりと笑《わら》った。

「脱税《だつぜい》よ。」

ジュディは答《こた》えた。

ニックの笑《わら》いがひっこんだ。

「一日《にち》の売《う》り上《あ》げが二百ドル。十二歳《さい》のときから一年《ねん》三百六十五日《にち》、おなじことを二十年《ねん》にわたってくりかえしてきた……合計《ごうけい》すれば、百四十六万《まん》ドル。わたしはまぬけなうさぎかもしれないけど、計算《けいさん》は得意《とくい》なの。いずれにしろ、あなたは納税申告書《のうぜいしんこくしょ》に……収入《しゅうにゅう》なしと記入《きにゅう》してるわね。申告書《しんこくしょ》にうそを書《か》くのは犯罪《はんざい》よ。刑務所《けいむしょ》で五年間《ねんかん》くらすことになるわ。」

「脱税《だつぜい》の証拠《しょうこ》はない。日《ひ》に二百ドルかせぐ話《はなし》も、おれが否定《ひてい》すればそれまでだ。」

ジュディはにんじん形《がた》のペンをかかげ、ボタンをおした。と、録音《ろくおん》されたニックの声《こえ》がひびいてきた。

〝おれは一日《にち》に二百ドルかせぐんだ。十二のときから一年《ねん》三百六十五日《にち》、それを二十年間《ねんかん》もつづけてきた〟

ジュディのにんじん形《がた》のペンには、録音機能《ろくおんきのう》がついているのだ。

「ほらね、脱税《だつぜい》の証拠《しょうこ》がのこってるわ。このレコーダーペンがほしかったら、わたしの捜査《そうさ》に協力《きょうりょく》してちょうだい。それがいやなら、刑務所《けいむしょ》のカフェテリアでアイスを売《う》るしかなくなるわね。」

乳母車《うばぐるま》の中《なか》で、きつねの子《こ》になりすましたフィニックがかん高《だか》い笑《わら》い声《ごえ》をあげた。

「まんまとひっかかったな、ニック。うさちゃんに、いっぱいくわされたんだ。いまからおまえは警官《けいかん》になって、捜査《そうさ》の仕事《しごと》を楽《たの》しめよ！」

フェネックギツネのフィニックは、警察《けいさつ》バッジのステッカーをニックのシャツにはりつけた。そして乳母車《うばぐるま》からとびおり、すばやく立《た》ちさった。

ニックは写真《しゃしん》を手《て》にとり、カワウソのオッタートン氏《し》をながめた。

「さあ、話《はな》して。」

ジュディはうながした。

「オッタートンが、いまどこにいるかはわからんな。歩《ある》いていった方角《ほうがく》を知《し》ってるだけ

だ。」

ジュディはにんまりしてカートの助手席《じょしゅせき》をたたいた。

「それでいいわ。行《い》きましょう。」

「かわいいうさちゃんには、むかない場所《ばしょ》だ」

「〝かわいい〟なんていわないで。さあ、乗《の》って。」

「わかったよ。おまえがボスだ。」

ニックが助手席《じょしゅせき》に乗《の》りこむと、カートは行方不明《ゆくえふめい》のオッタートン氏《し》さがしにむけて出発《しゅっぱつ》した。

12　ナチュラリスト・クラブ

ニックがジュディを案内《あんない》したのは、サハラ・スクエアにある、あやしげなふんいきの建《たて》物《もの》だった。門《もん》の中《なか》に入《はい》ると、香《こう》のにおいがただよってきた。

受付《うけつけ》には、ヤックスという名《な》のヤクがすわり、お経《きょう》をとなえている。顔《かお》までたれさがるもじゃもじゃの長《なが》いもつれた毛《け》、ヤックスの体臭《たいしゅう》にひかれてまわりをブンブンいいながらとびまわるハエの群《む》れ。お経《きょう》の声《こえ》とハエの音《おと》が調和《ちょうわ》しているようだ。

ジュディはヤックスに近《ちか》づいた。

「こんにちは、わたしはホップス警察官《けいさつかん》。行方不明《ゆくえふめい》のエミット・オッタートンをさがしています。ひょっとしたら、ここをたびたびおとずれていたかもしれません。」

そこで、ヤックスにオッタートン氏《し》の写真《しゃしん》を見《み》せる。

ヤックスは目《め》をまるくした。

「ハックション！」

ヤックスがくしゃみをしたとたん、ハエの群《む》れは四方八方《しほうはっぽう》へちっていき、しばらくしてもとの場所《ばしょ》へもどってきた。

「足《あし》しげく通《かよ》ってきていたが、ここ二週間《しゅうかん》ほど見《み》てないな。エミットを指導《しどう》していたヨガの女性《じょせい》インストラクターに話《はなし》をきくといい。」

ヤックスは受付《うけつけ》から中庭《なかにわ》のほうをあごでしめした。

「ありがとう。貴重《きちょう》な情報《じょうほう》……。」

ジュディはいいかけ、カウンターの奥《おく》から出《で》てきたヤックスを見《み》て、はっとした。

「あっ、はだかだわ！」

「ん？　ああ、ここはナチュラリスト・クラブだからね。」

ヤックスは悪《わる》びれるふうもなくいった。

このクラブの会員《かいいん》たちは、衣類《いるい》をつけず、入浴《にゅうよく》もせず、生《う》まれたときのままの状態《じょうたい》で、じかに日《ひ》ざしや水《みず》や空気《くうき》にふれて楽《たの》しむのだ。

「たしかに。ズートピアは、だれもがなんにでもなれる街《まち》だからな。」

ニックがうなずき、にやりと笑《わら》った。

「インストラクターのナンギは、お楽《たの》しみプールのむこう側《がわ》にいるよ。こっちだ。」

ヤックスが道案内《みちあんない》をはじめる。

プールのまわりでは、はだかの動物《どうぶつ》たちが日《ひ》なたぼっこをしたり、たわむれたり、ぶらついたりしながらすごしていた。ジュディは思《おも》わず目《め》を大《おお》きく見《み》ひらいた。

ニックがひそひそ声《ごえ》で話《はな》しかける。

「な、おちつかないだろ？　おれたちの取《と》り引《ひ》きはなかったことにして、捜査《そうさ》を切《き》りあげてもいいんだぜ。」

「いいえ、つづけるわ。」

ジュディはきっぱりといった。オッタートン氏《し》の行方《ゆくえ》をつきとめたいという思《おも》いは、いっそう強《つよ》くなった。

「たいした心意気《こころいき》だ。」

ニックがちゃかした。

ナチュラリストがたむろしている中庭《なかにわ》に出《で》ると、ジュディはつとめてしぜんにふるまおうとした。

ヤックスが口《くち》をひらいた。

「はだかですごすのは、おかしいっていう連中《れんちゅう》もいる。しかし、動物《どうぶつ》が服《ふく》を着《き》るのは、しぜんなことかい？　ほら、あそこにいるゾウがナンギだ。エミットのことをよくおぼえてるんじゃないかな。」

ゾウの女性《じょせい》インストラクターは、プールわきの芝生《しばふ》でヨガを指導中《しどうちゅう》だった。こしをひねったり、さかだちしたり、太《ふと》い足《あし》を複雑《ふくざつ》に組《く》み合《あ》わせたりと、巨体《きょたい》のわりにはとても器用《きよう》だ。生徒《せいと》のキリンやシマウマたちが、そのポーズをまねている。

「ナンギ、このお客《きゃく》さんが、カワウソのエミットについて質問《しつもん》したいそうだ。」

「えっ、だれですって？」

ヨガの姿勢《しせい》をくずさず、ナンギはききかえした。

「エミット・オッタートンだ。きみのヨガ教室《きょうしつ》に六年《ねん》くらいかよってる。」

ナンギはジュディがさしだした写真《しゃしん》にちらっと目《め》をやり、

「あいにくだけど、そういう名《な》のビーバーは記憶《きおく》にないわね。」

「正確《せいかく》にはカワウソです。」

ジュディが正《ただ》した。

「二週間前《しゅうかんまえ》の水曜日《すいようび》に、ここへ来《き》た男《おとこ》だよ。おぼえてるだろう?」

ヤックスが助《たす》け船《ぶね》を出《だ》す。

それでも、女性《じょせい》インストラクターはかぶりをふった。

ゾウの記憶《きおく》を呼《よ》びさまそうと、ヤックスがさらにヒントをあたえる。

「ほら、大《おお》きな車《くるま》に乗《の》ってた。服装《ふくそう》は、緑色《みどりいろ》のニットのベストと、コーデュロイのスラックス。そういえば、ペーズリー柄《がら》のネクタイもしてたな。むすび目《め》を幅広《はばひろ》の三角形《さんかっけい》にして。思《おも》い出《だ》しただろう、ナンギ?」

ヤックスこそが宝《たから》の山《やま》だわ!　ジュディは目《め》をかがやかせ、ヤックスの話《はなし》をもらさず書《か》きとめた。

ふたたび、ナンギは首《くび》をふった。

「ひょっとして、車《くるま》のナンバーを見《み》てないかしら?」

ジュディはヤックスにたずねた。

「それなら自信《じしん》がある。29THD03《ティーエイチディー》だ。」

「とても役《やく》に立《た》つ情報《じょうほう》だわ。ありがとう。」

ジュディが礼《れい》をいうと、ヤックスはほほえんだ。

ナチュラリスト・クラブを出《で》たところで、ニックが切《き》りだした。

「おれは大《おお》いに楽《たの》しみ、おまえは貴重《きちょう》な手《て》がかりをつかんだ。ナンバーをしらべるだけなら、どんなうすのろにもできる。お役《やく》ごめんのおれは、にんじん形《がた》のレコーダーペンをいただき、きみとはおさらばだ。」

ジュディはペンをさしだしたが、ニックがつかむ前《まえ》にひっこめた。

「ナンバーをしらべたくても……わたしはまだ、警察《けいさつ》のコンピュータにアクセスできないのよ。」

「ペンをくれ、たのむ。」

「いま、なんていった？　〝ナンバーをしらべるだけなら、どんなうすのろにもできる〟だったわね？　すぐ近《ちか》くに、手伝《てつだ》いのできるうすのろがいるとすれば……。」

「おまえのたのみはきいてやったぜ。このままずっと、おれをしばりつけるなんてむりだ。」

「ずっとじゃないわ……。」

ジュディはことばを切《き》り、携帯電話《けいたいでんわ》を見《み》て時間《じかん》をたしかめた。

「……あと三十六時間《じかん》よ。それまでに事件《じけん》を解決《かいけつ》しなきゃいけないの。車《くるま》のナンバーをしらべる方法《ほうほう》がわかる？」

ニックはジュディをまじまじと見《み》つめ、それからにんまりした。

「そうだ、思《おも》い出《だ》したぞ。免許《めんきょ》センターに友《とも》だちがいる。そいつを紹介《しょうかい》してやるよ。」

13　免許《めんきょ》センターの友《とも》だち

免許《めんきょ》センターの中《なか》では、動物《どうぶつ》たちが長《なが》い列《れつ》をつくって待《ま》っていた。受付《うけつけ》のカウンターに仕事中《しごとちゅう》の職員《しょくいん》たちがすわっている。

ジュディは職員《しょくいん》を見《み》まわし、思《おも》わずさけんだ。

「みんなナマケモノじゃないの！　時間《じかん》はかからないっていったはずよ！」

「ナマケモノだから仕事《しごと》がのろいといいたいのか？　ズートピアでは、だれもがなんにでもなれると思《おも》ってたけどね。」

ニックはなにくわぬ顔《かお》つきでいった。

ニックの友《とも》だち、ナマケモノのフラッシュは、公務員《こうむいん》らしくきちんとネクタイをしめて受付《うけつけ》のカウンターにすわっていた。

「やあ、フラッシュ、ひさしぶりだな。会《あ》えてうれしいぜ。」

ニックが声《こえ》をかけた。

「ニック……ほんとに……ひさしぶり……だね。」

ナマケモノはのろのろと答《こた》えた。

「フラッシュ、おれの友《とも》だちを紹介《しょうかい》するよ。えっと、名前《なまえ》はなんだっけ。」

「ジュディ・ホップス警察官《けいさつかん》よ。ズートピア警察《けいさつ》署勤務《しょきんむ》なの。こんにちは。」

ジュディは、ナマケモノのフラッシュにあいさつした。

フラッシュはしばらくジュディを見《み》てから、口《くち》をひらいた。

「こん……にちは。今日《きょう》は……どんな……。」

「車《くるま》のナンバーをしらべて……。」

ジュディは用件《ようけん》を口《くち》にしかけた。

「……ご用《よう》で……しょうか？」

フラッシュは、やっといいおえた。

「車《くるま》のナンバーをしらべてくださらない？　とてもいそいでるの。」

ジュディはたのんだ。

フラッシュは、またしばらくしてから反応《はんのう》した。

「わかり……ました。どんな……。」

「29……。」

ジュディはナンバーを口《くち》にしかけた。

「……ナンバー……ですか？」

フラッシュの質問《しつもん》がようやくおわった。

ジュディは息《いき》を深《ふか》くすって気《き》をしずめた。

「29THD《ティーエイチディー》03よ。」

フラッシュはたっぷり間《ま》をおいてから、コンピュータのキーをおしはじめた。

「2……9……。」

「THD《ティーエイチディー》03。」

ジュディはつづきを口早《くちばや》にいった。

「T《ティー》……。」

フラッシュがいう。

ナンバーの最初《さいしょ》の部分《ぶぶん》がコンピュータに入力《にゅうりょく》されるまで、かなりの時間《じかん》がかかった。

ニックがおもしろがって、わざと仕事《しごと》をおくらせようとする。

「おい、フラッシュ、ジョークをききたいか?」

「だめよ!」

ジュディはさけんだ。

「ふたこぶラクダが三《み》つこぶラクダになった。どうしてだと思《おも》う?」

「わから……ない。どうして……。」

「三《み》つこぶラクダになったのか。」

ジュディはジョークを切《き》りあげたくて、すばやくいった。

「……三《み》つこぶ……ラクダに……なったんだ?」

「おなかに子《こ》どもができたせいさ。子《こ》どものことを〝こぶ〟っていうだろ？」

ニックが答《こた》えを教《おし》えた。

初《はじ》めのうち、フラッシュは無表情《むひょうじょう》でニックを見《み》つめ、それからのろのろと笑《わら》いだした。

「は……は……は……は……。」

ジュディのいらだちはつのった。

「ははは、たしかにおもしろいわね。でも、おねがいだから……。」

フラッシュは、となりの席《せき》にいる女性職員《じょせいしょくいん》のナマケモノのほうへ顔《かお》をむけた。

「プリシラ……。」

「なに……フラッシュ？」

プリシラが負《ま》けずおとらずのろのろと答《こた》えた。

「どうして……ふたこぶラクダが……三《み》つ……。」

「三《み》つこぶラクダになったのか？　子《こ》どもができたせいよ！」

ジュディは、かっとしてさけんだ。

「……こぶラクダに……。」

「ああああーっ！」

ジュディはかなきり声《ごえ》をあげた。


ジュディとニックが免許《めんきょ》センターに入《はい》ってから数時間後《すうじかんご》、ようやく車《くるま》のナンバーの登録《とうろく》先《さき》がはっきりした。

「お待《ま》たせ……しました。」

フラッシュは、登録先《とうろくさき》が印刷《いんさつ》された用紙《ようし》をジュディにわたした。

「ええ、ありがとう。」

「さあ……どうぞ。」

ジュディは内容《ないよう》にすばやく目《め》を通《とお》した。

「29THD《ティーエイチディー》03。車種《しゃしゅ》はリムジン、登録先《とうろくさき》は、ツンドラ・タウンの……リムジン・サービス？　ってことは、オッタートン氏《し》の車《くるま》じゃないわね。リムジンでツンドラ・タウンにつれていかれたのかしら？　とにかく、いそがなきゃ。ラッシュアワーの渋滞《じゅうたい》にまきこまれちゃう。」

ジュディはあわてて免許《めんきょ》センターの出入《でい》り口《ぐち》にむかった。外《そと》に出《で》たとたん、

「夜《よる》だわ！」

ジュディはさけんだ。すっかり日《ひ》がくれて真《ま》っ暗《くら》になっている。もう！　ナマケモノにつきあって貴重《きちょう》な時間《じかん》をつぶしてしまったわ！

14　リムジンの持《も》ち主《ぬし》

ジュディとニックは極寒《ごっかん》のツンドラ・タウンにむかった。見《み》わたすかぎり雪《ゆき》と氷《こおり》におおわれた、凍《こお》りつくような地区《ちく》だ。リムジン・サービスという会社《かいしゃ》は見《み》つけたものの、建物《たてもの》の中《なか》は暗《くら》く、門《もん》のかぎもしっかりかかっている。

「もう営業時間《えいぎょうじかん》がおわってるわ。」

ジュディはため息《いき》をついた。

「家宅捜索令状《かたくそうさくれいじょう》もないんだろ？　がっかりだな。」

ニックがいった。

「あなたがわざと時間《じかん》をむだにしたのよ。」

「おれの警察《けいさつ》バッジはにせものだ。おまえのいんちき捜査《そうさ》をじゃまするつもりはないぜ。」

「いんちき捜査《そうさ》じゃないわ！」

ジュディはさけび、オッタートンの写真《しゃしん》をつきだした。

「ほら！　見《み》えるでしょ？　このカワウソが行方不明《ゆくえふめい》なのよ！」

「捜索《そうさく》は本物《ほんもの》の警官《けいかん》にまかせるべきだな。」

ジュディはニックを見《み》つめた。

「わたしが失敗《しっぱい》するのを見《み》れば安心《あんしん》できる？　自分自身《じぶんじしん》のみじめな生活《せいかつ》を少《すこ》しでもわすれられるの？」

ニックは質問《しつもん》について考《かんが》えたすえに答《こた》えた。

「そのとおりだ。否定《ひてい》しないよ。とにかく、令状《れいじょう》がなければ捜索《そうさく》できない。おれたちの仕《し》事《ごと》はおわったな？」

ジュディは深《ふか》いため息《いき》をついた。

「そうね、おわったわ。はい、どうぞ。」

ポケットからレコーダーペンをとりだしたかと思《おも》うと、いきなりほうり投《な》げた。ペンはへいをこえて、リムジン・サービスの敷地《しきち》の中《なか》に落《お》ちた。

ニックはけげんな表情《ひょうじょう》をしながらも、へいをよじのぼった。

「じゃあな、うさちゃん警官《けいかん》。もっと手助《てだす》けできればよかったんだが……。」へいのむこう側《がわ》へとびおり、ペンをつかもうとした。しかし、ジュディが先《さき》まわりしてひろい、そのペンでニックをたたく。

「もっともな理由《りゆう》さえあれば、捜索令状《そうさくれいじょう》はいらないってことよ。わたしがへいの中《なか》に入《はい》ったのは、あやしげなきつねが、へいをこえようとしているところを目撃《もくげき》したからよ。さあ、ついてきて。」

口笛《くちぶえ》を吹《ふ》き、先《さき》に立《た》ってすすみはじめる。

まんまとひっかかっちまったな。ニックはいらだちを感《かん》じる反面《はんめん》、ジュディの巧妙《こうみょう》な手《て》口《ぐち》におどろかされてもいた。

駐車場《ちゅうしゃじょう》に入《はい》ると、巨大《きょだい》なリムジンがとまっていた。うしろにまわり、ナンバープレートが見《み》えるように雪《ゆき》をはらった。

「29THD《ティーエイチディー》03。まちがいないわ。」

ジュディが読《よ》みあげ、うなずいた。

リムジンには重《おも》いがんじょうなドアがとりつけられているが、かぎはかかっていない。

車内《しゃない》に入《はい》ると、冷《ひ》えきっていてまるで冷蔵庫《れいぞうこ》のようだ。二人《ふたり》は思《おも》わず身《み》ぶるいした。ジュディは警察官《けいさつかん》らしくピンセット入《い》りの証拠品収納袋《しょうこひんしゅうのうぶくろ》をとりだし、ニックといっしょに捜査《そうさ》をはじめる。

「ホッキョクグマの毛《け》が落《お》ちてるわ。」

ジュディはピンセットで白《しろ》い毛《け》をつまみ、収納袋《しゅうのうぶくろ》に入《い》れた。

「わっ！」

ニックが大《おお》きな声《こえ》をあげた。

「なに？　なんなの？」

ジュディはニックをふりかえってさけんだ。

ニックは小物入《こものい》れからとりだしたＣＤ《シーディー》を見《み》せた。

「ジェリー・ボウルのアルバムだ。いまだにＣＤ《シーディー》で音楽《おんがく》をきくやつがいるのか？」

ジェリー・ボウルといえば、ネズミの世界《せかい》では英雄《えいゆう》のようにあがめられている往年《おうねん》の大《だい》スターだ。

ジュディはあきれて目《め》を白黒《しろくろ》させ、本物《ほんもの》の証拠品《しょうこひん》さがしに集中《しゅうちゅう》する。

やがて、ニックは運転席《うんてんせき》と後部座席《こうぶざせき》をわける仕切《しき》りをおろし、ぎょっと息《いき》をのんだ。

「ちょっと見《み》ろ、にんじん、もしもカワウソがこの車《くるま》に乗《の》ってたとしたら……悪《わる》い日《ひ》をえらんだものだ。」

ジュディとニックは後部座席《こうぶざせき》を見《み》た。座席《ざせき》がずたずたに切《き》りさかれ、無数《むすう》のかぎづめのあとがのこっている。

「こんなの見《み》たことある?」

ニックは首《くび》をふった。

「いや、初《はじ》めてだ。」

ジュディは床《ゆか》に落《お》ちている財布《さいふ》をひろいあげた。中《なか》には、運転免許証《うんてんめんきょしょう》と花屋《はなや》の名刺《めいし》が入《はい》っている。

「エミット・オッタートンだわ。まちがいなく、この車《くるま》に乗《の》ってたわね。なにがあったと思《おも》う?」

ニックはかぶりをふった。車《くるま》の中《なか》でなにが起《お》こったのか、想像《そうぞう》もつかない。そのときふと、車内《しゃない》に装備《そうび》されているバーのカクテルグラスが目《め》にとまった。グラスにはB《ビー》の文字《もじ》がきざまれている。

「ちょっと待《ま》て。ホッキョクグマの毛《け》、スター歌手《かしゅ》のCD《シーディー》、B《ビー》の頭文字《かしらもじ》が入《はい》ったグラス……車《くるま》の持《も》ち主《ぬし》に心《こころ》あたりがある。さっさと退散《たいさん》しよう。」

「だれの車《くるま》なの？」

ニックはあわてて車内《しゃない》をかけまわり、いじったものをもとの場所《ばしょ》にもどそうとした。

「ツンドラ・タウンでいちばんヤバい犯罪王《はんざいおう》だ。ミスター・ビッグと呼《よ》ばれてる。しかも、おれはあのボスにきらわれてるんだ。だから、いますぐ逃《に》げようぜ！」

ニックはリムジンのドアをあけた。と、その瞬間《しゅんかん》、二人《ふたり》の巨大《きょだい》なホッキョクグマにぶつかりそうになった。クマたちは山《やま》のように立《た》ちはだかり、ニックを見《み》おろしている。

「レイモンド！　それにケビンだろ？」

ニックはよろこんでいるふりをした。

「ひさしぶりじゃないか！　昔《むかし》のよしみで、おれには会《あ》わなかったことにしてくれないか。」

しかし、巨大《きょだい》なホッキョクグマたちはニックとジュディを車《くるま》からつまみだし、べつの車《くるま》に乗《の》せて、小《ちい》さな二人《ふたり》をはさんですわった。

「ミスター・ビッグをおこらせるなんて、いったいなにをしたの？」

ジュディはニックにたずねた。

「高級《こうきゅう》なウールのじゅうたんを売《う》ったはずが……羊毛《ようもう》じゃなくて、スカンクのしっぽの毛《け》でつくったやつだったんだ。」

ニックは小声《こごえ》で答《こた》えた。

「まあ、とんでもないへまね！」

まもなく、車《くるま》は巨大《きょだい》なかこいのあるミスター・ビッグの屋敷《やしき》に到着《とうちゃく》し、げんじゅうに警《けい》備《び》された門《もん》の中《なか》に入《はい》っていった。

15　裏社会《うらしゃかい》のボス

ジュディとニックは、薄暗《うすぐら》いオフィスにつれてこられた。

部屋《へや》に入《はい》ったとたん、二人《ふたり》は寒《さむ》さに身《み》ぶるいした。中央《ちゅうおう》におかれた大《おお》きなデスク、かべにそった火《ひ》の気《け》のない暖炉《だんろ》、それに、あちこちからたれさがるつららが目立《めだ》つ。暖炉《だんろ》の上《うえ》には小《ちい》さな祭壇《さいだん》があり、トガリネズミの老女《ろうじょ》の写真《しゃしん》がかざられている。

まもなく、ホッキョクグマが入《はい》ってきた。

「あのクマがミスター・ビッグなの？」

ジュディはニックにささやきかけた。

「いや。」

最初《さいしょ》のクマのうしろから、もっと大《おお》きなホッキョクグマがドシンドシンと歩《ある》いていた。

「じゃあ、あのクマは？」

「ちがう。」

ニックはいらいらしながら答《こた》えた。

二人《ふたり》につづき、さらに巨大《きょだい》なホッキョクグマがあらわれた。

「わかったわ。あれがミスター・ビッグね。」

「シィーッ！　だまって。しゃべるな。」

いちばん大《おお》きなホッキョクグマは、巨大《きょだい》な手《て》で小《ちい》さないすをつかんでいる。いすにすわっているのは、ネズミよりさらに小《ちい》さなトガリネズミだ。トガリネズミは、いすごと大《おお》きなデスクの上《うえ》におろされた。

「ミスター・ビッグ、ちょっとした誤解《ごかい》で……。」

ニックはいいかけた。

ジュディは目《め》をまるくした。あのちっちゃなトガリネズミが、ミスター・ビッグなの？

ミスター・ビッグが指輪《ゆびわ》をはめた小《ちい》さな手《て》をつきだすと、ニックは指輪《ゆびわ》にキスをした。

「ちょっとした誤解《ごかい》があっただけなんだ。」

ニックはくりかえした。

ミスター・ビッグは、身《み》ぶりでだまれと合図《あいず》した。

「おまえはことわりもなく、のこのこと来《き》たんだな？　娘《むすめ》の結婚式《けっこんしき》の日《ひ》に。」

裏社会《うらしゃかい》のボスらしく高圧的《こうあつてき》な口調《くちょう》だが、きしるような声《こえ》は体《からだ》とおなじように小《ちい》さい。

「むりやりここへ……いや、つまり、あのリムジンがあんたの車《くるま》だとは知《し》らなかったんだ。もちろん、今日《きょう》がお嬢《じょう》さんの結婚式《けっこんしき》だなんて、知《し》るはずがない。」

ニックはおどおどした笑《わら》いをうかべた。

「おまえを信用《しんよう》してたんだ、ニック。屋敷《やしき》へまねき、ともに食事《しょくじ》をした。おばあさまは、おまえに手作《てづく》りの菓子《かし》までふるまった。」

ミスター・ビッグは顔《かお》をしかめ、あごをかき、冷《ひ》ややかな目《め》でニックを見《み》た。

「だが、おまえは恩《おん》をあだでかえした。高級《こうきゅう》なウール製《せい》といつわり、スカンクのしっぽで織《お》ったじゅうたんを買《か》わせたんだぞ。わたしとおばあさまをばかにした。しかも、二度《ど》とここには顔《かお》を出《だ》すなといいわたしたはずなのに、こりもせずに、かぎまわった。そこにいる……。」

ミスター・ビッグは、ジュディを手《て》ぶりでしめした。

「おまえは役者《やくしゃ》なのか？　その衣装《いしょう》はなんだ？」

「わたしは警《けい》……。」

すかさず、ニックがさえぎった。

「パントマイムの役者《やくしゃ》だ！　この役者《やくしゃ》は話《はな》せない。手《て》ぶり身《み》ぶりだけなんだ。」

「いいえ、わたしは警察官《けいさつかん》よ。」

ジュディはぴしゃりといった。

ミスター・ビッグはうろたえ、いすの中《なか》で小《ちい》さな体《からだ》をもぞもぞさせた。

「エミット・オッタートン事件《じけん》を担当《たんとう》しています。そして、あなたの車《くるま》にオッタートン氏《し》が乗《の》っていたという証拠《しょうこ》を見《み》つけたわ。あなたがあのカワウソにどんな仕打《しう》ちをしたか、きっとつきとめるつもりよ。」

ミスター・ビッグは不満《ふまん》そうにうなった。

「ならば、わたしからのたのみは、ただ一つ――あの世《よ》にいるおばあさまに、よろしくいってくれ。」

トガリネズミは部下《ぶか》のホッキョクグマに命令《めいれい》した。

「こいつらを氷《こおり》の中《なか》にほうりこめ！」

「ええっ！　おれはなにも見《み》てないんだ！　しゃべるつもりもない！」

ニックは、なんとかしてこのピンチからのがれようとした。

「二度《ど》と話《はな》せんだろうな。」

ミスター・ビッグは冷淡《れいたん》にいった。

部下《ぶか》の一人《ひとり》がデスクの前《まえ》の四角《しかく》い床板《ゆかいた》をはずすと、ぽっかりと口《くち》をあけた大《おお》きな穴《あな》と、厚《あつ》い氷《こおり》が見《み》えた。穴《あな》のすぐ下《した》は、底《そこ》なしのように深《ふか》い冷《つめ》たい水《みず》だ。ホッキョクグマたちはジュディとニックをひっつかみ、穴《あな》の中《なか》に落《お》とそうとした。

「たのむ！　やめてくれ！　じゅうたんのことでおこってるなら、ほかのを用意《ようい》するよ！」

ニックがさけんだ。

と、そのとき、ミスター・ビッグの娘《むすめ》、フルー・フルーがやってきた。父親《ちちおや》とそっくりの小《ちい》さな体《からだ》に、白《しろ》いウェディングドレスをまとっている。

「パパ、ダンスの時間《じかん》よ。」

フルー・フルーは父親《ちちおや》の横《よこ》に歩《あゆ》みより、二人《ふたり》の客《きゃく》を見《み》て、ため息《いき》をついた。

「結婚式《けっこんしき》の日《ひ》には氷《こおり》の中《なか》にだれも入《い》れないって、約束《やくそく》したでしょ。」

「しかし、入《い》れないわけにいかんのだ。パパにはその理由《りゆう》がある。」

ミスター・ビッグはおだやかな声《こえ》で部下《ぶか》に命令《めいれい》した。

「よし、落《お》とせ。」

ニックとジュディは悲鳴《ひめい》をあげた。

「待《ま》って！　ちょっと待《ま》って！　そのうさぎを知《し》ってるわ。きのう、大《おお》きなドーナッツからわたしを救《すく》ってくれたの。命《いのち》の恩人《おんじん》よ。」

「このうさぎが？」

ミスター・ビッグが、おどろいた口《くち》ぶりできき かえす。

「そうよ！」

フルー・フルーは答《こた》え、ジュディにほほえみかけた。

「そのドレス、あなたによく似合《にあ》ってるわ。」

ジュディはいった。

「ありがとう。」

ミスター・ビッグは、部下《ぶか》に二人《ふたり》を床《ゆか》におろすよう命《めい》じ、それからジュディに話《はな》しかけた。

「おまえは、すばらしいことをしてくれた。カワウソを見《み》つける手《て》だすけをしよう。こう見《み》えても、うけた恩《おん》はきっちりかえす主義《しゅぎ》だからな。」

ニックは気《き》がぬけたように、その場《ば》に立《た》ちつくした。氷《こおり》の穴《あな》にほうりこまれずにすんだという安堵感《あんどかん》とよろこびがこみあげてきたのは、少《すこ》したってからだった。

16　夜《よる》の遠吠《とおぼ》え

結婚式《けっこんしき》の祝《いわ》いの席《せき》で、花嫁《はなよめ》のフルー・フルーと花婿《はなむこ》はケーキを口《くち》にし、極寒地方《ごっかんちほう》の動物《どうぶつ》たちはダンスを楽《たの》しんだ。ニックとジュディはミスター・ビッグとともに上座《かみざ》につき、最《さい》上級《じょうきゅう》のもてなしをうけた。

「エミット・オッタートンは、わたしがひいきにしている花屋《はなや》でな。家族《かぞく》のようなものだ。なにやら相談《そうだん》したいといわれて、リムジンをさしむけたんだが……エミットは来《こ》なかった。」

ミスター・ビッグがいった。

「だれかにおそわれたせいだわ。」

ジュディが答《こた》えた。

「いや、おそったのは……エミットだ。なぜか凶暴《きょうぼう》になっていた。車《くるま》の座席《ざせき》をひきさき、わたしの運転手《うんてんしゅ》をこわがらせたあげくに、どこかに消《き》えてしまったんだ。」

「オッタートン氏《し》は、おだやかなカワウソよ。」

「われわれは進化《しんか》したが、いまも動物《どうぶつ》の本能《ほんのう》がねむってる。すっかりなくなったわけじゃない。」

ミスター・ビッグのことばに、ニックとジュディは不安《ふあん》そうに顔《かお》を見《み》あわせた。

「エミットを見《み》つけたければ、運転手《うんてんしゅ》のマンチャスと話《はな》してみろ。レインフォレスト地区《ちく》に住《す》んでいる。なにか情報《じょうほう》をもっているかもしれん。」

ジュディとニックはミスター・ビッグの屋敷《やしき》をあとにして、つぎの手《て》がかりをさがすためにレインフォレスト地区《ちく》にむかった。


青々《あおあお》としたジャングルがひろがるレインフォレスト地区《ちく》は、湿気《しっけ》が多《おお》く、深《ふか》い熱帯雨林《ねったいうりん》にはもやがかかっている。ジュディとニックは、まがりくねった急《きゅう》な坂《さか》をあがっていった。高《たか》くのぼるにつれて、もやがはれ、道順《みちじゅん》をしめす標識《ひょうしき》と、深《ふか》いジャングルを見《み》おろす長《なが》いつり橋《ばし》が見《み》えてきた。つり橋《ばし》をわたってすぐその先《さき》に、マンチャスの住《す》まいがある。

ジュディは玄関《げんかん》ベルを鳴《な》らした。

「マンチャスさん？　ズートピア警察署《けいさつしょ》のホップス警察官《けいさつかん》です。エミット・オッタートンのことで質問《しつもん》させてください。」

返事《へんじ》がない。ドアをノックしたが、それでもだれも出《で》てこない。

「おねがい、あけて。エミット・オッタートンになにがあったか知《し》りたいだけなの。」

ようやくドアが少《すこ》しだけひらいたが、チェーンはかかったままだ。マンチャスはよほどおそろしい思《おも》いをしたのだろう。

「おれの身《み》になにがあったか……きいてくれよ。」

家《いえ》の中《なか》から声《こえ》がひびいた。

ドアのすきまからマンチャスが見《み》える——大《おお》きな図体《ずうたい》をしたジャガーではないか。片方《かたほう》の目《め》がきずついてまぶたがはれあがり、体《からだ》じゅうにもひっかききずができている。

「うはっ、カワウソに……やられたのか？」

ニックはびっくりしてたずねた。

「なにがあったの？」

ジュディも問《と》いかけた。

マンチャスは、事件《じけん》の起《お》きた夜《よる》のことを話《はな》しはじめた。その口《くち》ぶりや表情《ひょうじょう》からも、すさまじい体験《たいけん》をしてひどくおびえているのはあきらかだ。

「おれが知《し》ってるオッタートンとは似《に》ても似《に》つかない、四本足《ほんあし》の凶暴《きょうぼう》な野獣《やじゅう》になってたよ。『夜《よる》の遠吠《とおぼ》え、夜《よる》の遠吠《とおぼ》え』って、何度《なんど》も何度《なんど》もわめいてたのをおぼえてる。」

ニックとジュディは顔《かお》を見《み》あわせた。

「わたしたちがききたかったのも、その〝夜《よる》の遠吠《とおぼ》え〟についてなの。」

ジュディはかまをかけて、マンチャスからさらに情報《じょうほう》をひきだそうとした。

「そうとも、ここへ来《く》る道々《みちみち》ずっと、おれたちは『夜《よる》の遠吠《とおぼ》え、夜《よる》の遠吠《とおぼ》え』って、呪文《じゅもん》のようにとなえてたよ。」

ニックがあとおしする。

「だから、あなたが知《し》っていることを話《はな》してちょうだい。そのかわり、わたしたちが知《し》ってることも教《おし》えるわ。いいでしょ?」

いったんドアがしまり、チェーンがはずされる音《おと》がした。

ニックはジュディに目《め》をやり、感心《かんしん》した口《くち》ぶりでいった。

「見《み》かけほど、まぬけじゃないんだな。」

ジュディはにっこり笑《わら》って、ニックのうでにげんこつをぶつけた。

そのとき、ふいに、なにかがわれるような大《おお》きな音《おと》がひびいた。つづいて、低《ひく》いうめき声《ごえ》がきこえた。

「マンチャスさん？　だいじょうぶ？」

ジュディがドアをおしあけると、部屋《へや》の真《ま》ん中《なか》で背《せ》をまるめ、四本足《ほんあし》で立《た》っているジャガーのすがたが見《み》えた。

マンチャスは客《きゃく》たちをふりかえった。さっきとはうってかわり、目《め》をらんらんと光《ひか》らせ、するどい歯《は》をむきだしている。そして、大昔《おおむかし》の野獣《やじゅう》のように、いきなりニックとジュディにむかって突進《とっしん》してきた。

「逃《に》げるのよ！　早《はや》く！」

ジュディはさけんだ。

17　野獣《やじゅう》にもどったジャガー

ジャガーのマンチャスに追《お》われながら、ニックとジュディは必死《ひっし》に走《はし》った。

「いったいどうなってるんだ？」

ニックが声《こえ》をあげる。

「わからないわ！」

こんもりしたジャングルの上《うえ》にかかるアパート前《まえ》のつり橋《ばし》をわたりかけたとき、マンチャスがすぐうしろまでせまってきた。

「もう逃《に》げられない！」

ニックは足《あし》をとめた。

「ジャンプして！」

ジュディはさけんだ。

二人《ふたり》はつり橋《ばし》の手《て》すりから身《み》をおどらせ、すぐ下《した》の太《ふと》い枝《えだ》にとびうつった。丸木橋《まるきばし》のように長《なが》くのびる枝《えだ》をわたると、幹《みき》に大《おお》きな穴《あな》のあいた木《き》を見《み》つけて、その中《なか》にもぐりこんだ。しかし、マンチャスはしつこく追《お》ってくる。

ジュディは無線機《むせんき》にむかって、けんめいに呼《よ》びかけた。

「こちら、ホップス警察官《けいさつかん》！　緊急事態発生《きんきゅうじたいはっせい》！　クロウハウザー、きこえますか？」

警察署《けいさつしょ》のクロウハウザーは、仲間《なかま》の警察官《けいさつかん》とおしゃべりに熱中《ねっちゅう》していた。携帯電話《けいたいでんわ》をつかみ、人気歌手《にんきかしゅ》ガゼルのビデオ映像《えいぞう》を画面《がめん》に出《だ》す。カウンターの上《うえ》で通信機《つうしんき》の赤《あか》いランプが点滅《てんめつ》していることには気《き》づかない。

「ガゼルの新《あたら》しいビデオを見《み》たかい？　角《つの》をもつ美《うつく》しいエンジェル。現代最高《げんだいさいこう》のポップスターだ。ほらな、おれとガゼルがステージでいっしょにおどってる！」

クロウハウザーは画面《がめん》を指《ゆび》さした。

「あなたのダンス、最高《さいこう》にクールだわ、ベンジャミン・クロウハウザー！」

携帯《けいたい》の画面《がめん》から、ガゼルの機械的《きかいてき》な声《こえ》がひびく。

「まるで本物《ほんもの》みたいだろう？　新《あたら》しいアプリのおかげだ。」

クロウハウザーはくすくす笑《わら》った。そしてようやく、点滅《てんめつ》する赤《あか》いランプに気《き》がつき、スピーカーのボタンをおした。

いきなり、ジュディのせっぱつまった声《こえ》がひびいてきた。

「クロウハウザー！　ジャガーが凶暴《きょうぼう》になったわ！　おそわれそうなのよ！　場所《ばしょ》は、レインフォレスト地区《ちく》のタジャンガよ！」

「いや、タハンガだ！」

ニックが大声《おおごえ》で正《ただ》した。

マンチャスは幹《みき》の中《なか》に太《ふと》いうでをつっこみ、ジュディめがけてパンチをくりだした。二発目《はつめ》が無線機《むせんき》を直撃《ちょくげき》してぶっこわした。ジュディとニックは、かろうじて幹《みき》の穴《あな》からはいだすと、ジャガーのわきをすりぬけて走《はし》りつづけた。

「支援部隊《しえんぶたい》を送《おく》る！　ホップス？　ホップス?!」

ジュディの声《こえ》はせず、無線機《むせんき》の雑音《ざつおん》だけがクロウハウザーの耳《みみ》にとどいた。

ニックとジュディは、べつの高《たか》いつり橋《ばし》の上《うえ》を必死《ひっし》に走《はし》っていた。橋《はし》をわたってすぐのところに、ゴンドラの発着場《はっちゃくじょう》があるのが見《み》える。追《お》ってきたマンチャスをかわしたひょうしに、ジュディはしめった橋《はし》の上《うえ》で足《あし》をすべらせ、ニックとはなれてしまった。先《さき》に発着場《はっちゃくじょう》にたどりついたニックは、ゴンドラをつかんで声《こえ》をはりあげた。

「乗《の》れ！　にんじん！　にんじん！」

しかしゴンドラは、からのままで動《うご》きだし、そのまま遠《とお》ざかっていった。

「行《い》って！」

ジュディはさけび、つるつるする橋《はし》の上《うえ》で足《あし》をふんばった。

ニックはジュディのほうへひきかえそうとした。と、マンチャスが攻撃《こうげき》のほこ先《さき》をかえ、発着場《はっちゃくじょう》にいるニックめがけて猛然《もうぜん》と走《はし》ってくる。だが、とびかかろうとした瞬間《しゅんかん》――カチャリ！　追《お》いついたジュディが、マンチャスの片方《かたほう》の足《あし》に手錠《てじょう》をかけた。手錠《てじょう》のもう一方《いっぽう》はゴンドラのワイヤロープをささえる鉄柱《てっちゅう》にはめて、マンチャスの動《うご》きを封《ふう》じた。

ジュディのとっさの判断《はんだん》と行動《こうどう》がニックを救《すく》ったのだ！

マンチャスはいきりたってあばれ、ニックとジュディをはじきとばした。二人《ふたり》の体《からだ》はふっとんで、つり橋《ばし》の手《て》すりにはげしくぶつかった。そのひょうしに、もろいツルの手《て》すりがぷつんと切《き》れて、二人《ふたり》はそのまま橋《はし》からころげ落《お》ちた。下《した》には、底《そこ》の見《み》えない深《ふか》いジャングルがひろがっている。反射的《はんしゃてき》に、ジュディは橋《はし》からたれさがるツルを片手《かたて》でにぎり、もう一方《いっぽう》の手《て》でニックのうでをつかんでぶらさがった。ニックはジャングルを見《み》おろし、ぞっとした。

「絶対《ぜったい》にはなすなよ！」

ニックはさけんだ。

「とぶわよ！」

いきなり、ジュディがさけんだ。ニックは悲鳴《ひめい》のような声《こえ》をあげた。

「なんだって？　ちゃんときいたか？　はなすなって……。」

一、二、三の合図《あいず》で、ジュディはニックのうでをつかんだままジャンプした。二人《ふたり》の体《からだ》は、深《ふか》い木立《こだち》のあいだで網《あみ》のように複雑《ふくざつ》にからまるツルと枝《えだ》の上《うえ》にのってとまった。しかし、ほっとしたのもつかのま、枝《えだ》が折《お》れて、二人《ふたり》はまっさかさまに落《お》ちていく！

幸運《こううん》にも、足《あし》にまきついたツルにささえられてさかさづりになり、地面《じめん》にたたきつけられずにすんだ。

サイレンの音《おと》がひびき、パトカーの群《む》れがタイヤをきしらせながらとまった。一台《だい》から

ボゴ署長《しょちょう》がおりてきた。

正義《せいぎ》の騎士《きし》たちが到着《とうちゃく》したわ！　ジュディはほほえんだ。

「さすがだ。やってくれるな。」

ボゴ署長《しょちょう》はうなるようにいい、空中《くうちゅう》でさかさづりになっている二人《ふたり》を見《み》あげた。

18　たよりになる相棒《あいぼう》

ジュディは警官《けいかん》たちを案内《あんない》して、ジャングルの中《なか》をすすみはじめた。

「ただの行方不明事件《ゆくえふめいじけん》じゃありません。もっと大《おお》きな事件《じけん》だと思《おも》います。オッタートン氏《し》も、あのジャガーも……なぜか凶暴《きょうぼう》になっています。」

ジュディはボゴ署長《しょちょう》に説明《せつめい》した。

「凶暴《きょうぼう》になっただと？　石器時代《せっきじだい》じゃあるまいし。」

署長《しょちょう》は鼻《はな》であしらった。

「わたしもそう思《おも》っていました。ジャガーに会《あ》うまでは。」

一行《いっこう》は、マンチャスを拘束《こうそく》しているゴンドラの発着場《はっちゃくじょう》までやってきた。しかし、マンチャスの姿《すがた》はどこにもない！　手錠《てじょう》もいっしょに消《き》えている。

「ジャガーはここにいたのに……。」

ジュディはまごついた。マンチャスが逃《に》げないように、鉄柱《てっちゅう》にも手錠《てじょう》をはめたのに……どうして？

「そう、〝凶暴《きょうぼう》な〟ジャガーがな。」

ボゴ署長《しょちょう》は、皮肉《ひにく》たっぷりにいった。ジュディのことばをまったく信《しん》じていない口《くち》ぶりだ。

「ほんとうです！　わたしたちはあのジャガーにおそわれ、殺《ころ》されそうになったんです！」

ジュディは必死《ひっし》にうったえた。

「うさぎのおまえには、あらあらしい肉食動物《にくしょくどうぶつ》に見《み》えたのかもしれんな。」

ボゴ署長《しょちょう》は鼻《はな》であしらい、部下《ぶか》の警官《けいかん》たちに合図《あいず》した。

「ひきかえすぞ！」

「待《ま》って！　凶暴《きょうぼう》なジャガーを見《み》たのは、わたしだけじゃありません！」

ジュディはニックを呼《よ》んだが、署長《しょちょう》は説明《せつめい》をきこうとしない。

「きつねのいうことを信用《しんよう》すると思《おも》うか？」

「でも、重要《じゅうよう》な目撃証人《もくげきしょうにん》です。ニックが協力《きょうりょく》してくれたんです。」

署長《しょちょう》はいらだたしげに首《くび》をふった。

「おまえは、くびだ。二日以内《ふつかいない》にカワウソを見《み》つける約束《やくそく》だったからな。」

ニックは、がっかりしてうなだれているジュディに目《め》をやり、それからボゴ署長《しょちょう》を見《み》た。

「さあ、バッジをよこせ。」

署長《しょちょう》はきっぱりといった。

ジュディは胸《むね》の警察《けいさつ》バッジに手《て》をやった。

「ちょっと待《ま》て。」

ニックが口《くち》をはさんだ。

ボゴ署長《しょちょう》はニックをにらみつけた。

「なにかいったか？」

「ちょっと待《ま》てといったんだ。あんたは新米警官《しんまいけいかん》に駐車違反《ちゅうしゃいはん》の監視《かんし》をおしつけ、ほかの警《けい》官《かん》たちが二週間《しゅうかん》かけてもかたづかなかった事件《じけん》を、二日間《ふつかかん》で解決《かいけつ》しろと命令《めいれい》した。きつねの手助《てだす》けが必要《ひつよう》だったのはむりないよな。あんたの部下《ぶか》たちはジュディに協力《きょうりょく》したかい？」

ジュディはニックをまじまじと見《み》つめた。ニックがわたしをかばってくれるなんて！

ボゴ署長《しょちょう》は、だまってつっ立《た》っている。

「つまりだな、署長《しょちょう》、ジュディとの約束《やくそく》は四十八時間《じかん》。ってことは、あと十時間《じかん》のこってるわけだ。だから、のんびりしてられない。十時間以内《じかんいない》に事件《じけん》を解決《かいけつ》するためには、いまつかんでいる手《て》がかりを追《お》わなくちゃな。じゃあ、失礼《しつれい》するぜ。」

ニックはジュディをうながすと、あぜんとしている署長《しょちょう》と警官《けいかん》たちをしりめに、ゴンドラのほうへ歩《ある》きだした。


「ありがとう、ニック。」

ゴンドラに乗《の》ってレインフォレスト地区《ちく》の上空《じょうくう》をすすみながら、ジュディはいった。

「他人《たにん》に対《たい》して、けっして弱腰《よわごし》になるな。」

ジュディはびっくりして、思《おも》わずニックの顔《かお》を見《み》た。

「あなたもおなじような立場《たちば》なの？」

「いや……いまはちがう。つまり、過去《かこ》の話《はなし》だ。子《こ》どものころのおれは、おまえのように小《ちい》さくてめそめそしていた。」

「あはは。」

ジュディは笑《わら》った。

「ほんとうなんだ。八歳《さい》か九歳《さい》のころ、おれはボーイスカウトに入《はい》りたくなった。」

ニックは、自分《じぶん》の子《こ》ども時代《じだい》のエピソードを話《はな》しはじめた。制服《せいふく》を買《か》うために母親《ははおや》が金《かね》をかきあつめてくれたこと、ボーイスカウトの少年《しょうねん》たちのなかで、肉食動物《にくしょくどうぶつ》は自分《じぶん》だけだったこと。それでも、ニックはボーイスカウトの一員《いちいん》になりたかったのだ。

ところが、ある日突然《ひとつぜん》、仲間《なかま》の少年《しょうねん》たちがニックにとびかかってきて、わめきたてた。

「こいつをやっつけろ！　口輪《くちわ》をはめてやれ！」

「口輪《くちわ》をしてないきつねを信用《しんよう》するやつがいるとすれば、そいつは頭《あたま》がいかれてる。」

少年《しょうねん》たちはニックに口輪《くちわ》をはめ、ばかにした。

やっと少年《しょうねん》たちから解放《かいほう》されると、ニックはその場《ば》から逃《に》げるようにしてかけだし、ボーイスカウトの制服《せいふく》をずたずたにひきさいた。

「あの日《ひ》、おれは二つのことを学《まな》んだ。一つめは、他人《たにん》に対《たい》して、けっして弱腰《よわごし》になるなってこと。」

「二つめは?」

ジュディはうながした。

「きつねは信用《しんよう》できない、ずるい動物《どうぶつ》。世間《せけん》からそんなふうに決《き》めつけられてるとしたら、きつねがどうがんばっても意味《いみ》がないってことさ。」

「ニック、あなたは、ずるいだけのきつねじゃないわ。」

ジュディはニックのうでにやさしく手《て》をふれた。

ゴンドラが雲《くも》のあいだから出《で》ると、下《した》のほうに、にぎわう街《まち》なみが見《み》えてきた。

ニックは話題《わだい》をかえた。

「あそこの車《くるま》の列《れつ》と混雑《こんざつ》ぶりを見《み》ろよ。そうだ! 街《まち》のようすを交通《こうつう》カメラで見《み》てみよう。車《くるま》や動物《どうぶつ》の動《うご》き……。」

ニックは、わざと軽口《かるくち》をたたいているようだ。

「あなたの子《こ》どものころの話《はなし》をきけてよかったわ、ニック。」

「待《ま》て! カメラだ!」

「ほんとよ、ニック。」

「ちがう、ちがう。シィーッ！　街《まち》のいたるところに交通監視《こうつうかんし》カメラがある。ジャガーの身《み》になにが起《お》こったか……。」

ニックのいおうとしていることが、やっとジュディにもわかった。

「きっとカメラに映《うつ》ってるわね！」

「そのとおり！」

ジュディはニックのうでを軽《かる》くついた。

「ずるがしこいわね。さすがだわ。」

「しかしだ、警察《けいさつ》のコンピュータ・システムにアクセスできないとしたら、いまになって水牛署長《すいぎゅうしょちょう》が許可《きょか》するとは思《おも》えないな。」

「だいじょうぶ。市役所《しやくしょ》にお友《とも》だちがいるの。」

ジュディはほほえんだ。

19　監視《かんし》カメラの映像《えいぞう》

それからまもなく、ジュディとニックは市役所《しやくしょ》に到着《とうちゃく》した。羊《ひつじ》のベルウェザー副市長《ふくしちょう》を見《み》つけるまで、それほど時間《じかん》はかからなかった。

ベルウェザー副市長《ふくしちょう》は書類《しょるい》を山《やま》ほどかかえこみ、ライオンハート市長《しちょう》のうしろをふらつきながらすすんでいた。

「市長《しちょう》、重要《じゅうよう》な書類《しょるい》をよくしらべれば……。」

小柄《こがら》な女性《じょせい》の副市長《ふくしちょう》は、さまざまな市民《しみん》が右往左往《うおうさおう》するロビーで、悪戦苦闘《あくせんくとう》をつづけている。こづかれてよろめいたかと思《おも》えば、一度《ど》はネズミにつまずきそうにさえなった。

「あのう……市長《しちょう》！」

「きこえてるよ、ベルウェザー。とにかく、きみの判断《はんだん》にまかせるから、うまくやっておいてくれ。」

ライオンハート市長《しちょう》はいらだたしげに答《こた》えると、副市長《ふくしちょう》がかかえこんでいる書類《しょるい》の上《うえ》にべつの書類《しょるい》をのせていいそえた。

「午後《ごご》は出《で》かけるので、わたしの予定《よてい》は入《い》れないように。」

「ですが、市長《しちょう》、午後《ごご》から会議《かいぎ》が……。」

市長《しちょう》はそのまま部屋《へや》に入《はい》り、ベルウェザー副市長《ふくしちょう》の鼻先《はなさき》でドアをしめた。副市長《ふくしちょう》のかかえた書類《しょるい》の山《やま》がドアにぶつかり、床《ゆか》に落《お》ちてちらばった。副市長《ふくしちょう》はあわてて書類《しょるい》をひろいはじめる。

「こんにちは、ベルウェザー副市長《ふくしちょう》。おねがいがあって来《き》ました。」

ジュディは声《こえ》をかけた。

副市長《ふくしちょう》はジュディとニックを愛想《あいそう》よくむかえ、自分《じぶん》のせまいオフィスに通《とお》した。二人《ふたり》は室内《しつない》を見《み》まわして、おどろいた。とてもせまく、部屋《へや》というよりクロゼットのようだ。

「街《まち》に設置《せっち》されている監視《かんし》カメラのデータを見《み》たいんです。」

ジュディがいうと、副市長《ふくしちょう》はコンピュータのキーボードを操作《そうさ》しはじめた。

「ふわふわしてて……綿《わた》あめみたいだ。」

ニックはジュディに耳《みみ》うちし、副市長《ふくしちょう》の頭《あたま》のふわふわした白《しろ》い毛《け》に手《て》をふれた。

「だめよ！」

ジュディはニックをにらみつけ、副市長《ふくしちょう》に気《き》づかれないように手《て》をぴしゃりとたたいた。

「どこを見《み》たいの？」

羊《ひつじ》の副市長《ふくしちょう》は、街全体《まちぜんたい》の監視《かんし》カメラを画面《がめん》に出《だ》した。

「レインフォレスト地区《ちく》のタハンガです。」

ジュディは答《こた》え、ニックを見《み》てほほえんだ。こんどは正《ただ》しく発音《はつおん》できた。

「なんだかわくわくするわね。こんな重要《じゅうよう》な仕事《しごと》をするのは初《はじ》めてなの。」

ベルウェザー副市長《ふくしちょう》は、興奮《こうふん》した口《くち》ぶりでいった。

「ズートピア市《し》の副市長《ふくしちょう》なのに。」

ジュディがいった。

「副市長《ふくしちょう》の肩書《かたが》きをつけた秘書《ひしょ》のようなものよ。ライオンハート市長《しちょう》は、羊《ひつじ》の票《ひょう》がほしかっただけじゃないかしら……。でも、市長《しちょう》からマグカップをいただいたわ。」

ベルウェザーは、〝パパは世界一《せかいいち》〟という黒《くろ》い文字《もじ》が入《はい》った、できあいの安《やす》っぽいマグカップを指《ゆび》さした。〝パパ〟の文字《もじ》が赤《あか》いマジックペンで消《け》され、〝副市長《ふくしちょう》〟になおされている。見《み》るからにおざなりなプレゼントだった。

「ベルウェザー！」

突然《とつぜん》、インターコムから市長《しちょう》の大声《おおごえ》がひびいた。

副市長《ふくしちょう》は席《せき》を立《た》ち、インターコムの応答《おうとう》ボタンをおした。

「はい、市長《しちょう》。」

「わたしの午後《ごご》の予定《よてい》は、キャンセルしたんじゃなかったのか！」

「あら、たいへん……行《い》かなくちゃ。ほしい情報《じょうほう》が見《み》つかったら知《し》らせてちょうだい。楽《たの》しかったわ。」

ベルウェザー副市長《ふくしちょう》は、そそくさと部屋《へや》から出《で》ていった。

「綿《わた》くず用《よう》のブラシがいるな。」

ニックがむだ口《ぐち》をたたいた。

「シィッ！　だまって！　タハンガにある監視《かんし》カメラのデータを、過去《かこ》にさかのぼってしらべましょう。」

二人《ふたり》は、画面《がめん》にあらわれたここ数時間《すうじかん》の映像《えいぞう》に目《め》をこらした。

ゴンドラの発着場《はっちゃくじょう》で、ジャガーのマンチャスがあばれている。そこへ、黒《くろ》い小型《こがた》トラックが近《ちか》づいてとまった。

「何者《なにもの》かしら？」

ジュディが問《と》いかけた。

「シンリンオオカミだ。」

オオカミたちはトラックからおりると、マンチャスに捕獲網《ほかくあみ》をかぶせた。ジュディは思《おも》わず息《いき》をのんだ。

「かけてもいい。きっと、あのなかの一頭《とう》が遠吠《とおぼ》えするぜ。」

ニックがわけ知《し》り顔《がお》でいう。

そのとおりに、一頭《とう》がほえた。

「でも、なんのためだろ？」

ニックがけげんそうな顔《かお》をした。

「夜《よる》ほえるオオカミ……〝夜《よる》の遠吠《とおぼ》え〟よ。マンチャスがおそれていたのは……オオカミたちなんだわ！　彼《かれ》らにとらえられたら……。」

「オッタートンも、やつらにつかまったにちがいない。」

「オオカミたちの行《ゆ》く先《さき》をつきとめなきゃ。」

ジュディは映像《えいぞう》をしらべはじめた。

黒《くろ》いトラックはトンネルの中《なか》に入《はい》ったきり、出《で》てこない。

「待《ま》って。どこへ消《き》えたの？」

ニックは画面《がめん》に顔《かお》を近《ちか》づけ、映像《えいぞう》をくいいるように見《み》つめた。

「もしも法《ほう》にそむくようなまねをして——おれは一度《ど》もやったことないが——監視《かんし》カメラ

をさけたかったら、トンネル6B《ビー》をつかうだろうな。あのトンネルなら……。」

ニックはことばを切《き》ると、ほかの映像《えいぞう》をつぎつぎにクリックし、ついに黒《くろ》いトラックを発見《はっけん》した！

「やっぱりあそこだ。」

「すごいわね。あなたはきっと有能《ゆうのう》な警官《けいかん》になれるわ。」

ジュディが感心《かんしん》した口《くち》ぶりでいう。

「まさか！」

ニックはぞっとしたような口《くち》ぶりをしてみせた。

二人《ふたり》はさらに映像《えいぞう》を見《み》ながら黒《くろ》いトラックを追跡《ついせき》し、街《まち》から出《で》ていくのをたしかめた。

「あの道《みち》はどこへ通《つう》じてるの？」

「古《ふる》びた、おそろしげな建物《たてもの》があるところだ。」

20 がけの上《うえ》の病院《びょういん》

ニックとジュディは市役所《しやくしょ》をあとにすると、映像《えいぞう》にのこっていた道路《どうろ》を見《み》つけてたどりはじめた。

しばらくして、長《なが》い橋《はし》が見《み》えてきたところで足《あし》をとめ、周囲《しゅうい》のようすをうかがった。橋《はし》のむこうは大《おお》きな川《かわ》と滝《たき》に面《めん》したがけっぷちで、うすきみ悪《わる》い巨大《きょだい》な建物《たてもの》が立《た》っている。ニックが話《はな》していた〝古《ふる》びた、おそろしげな建物《たてもの》〟だ。

二人《ふたり》は、橋《はし》の入《い》り口《ぐち》にある見張《みは》り小屋《ごや》にそっと近《ちか》づいた。橋《はし》には遮断機《しゃだんき》がおろされ、その両側《りょうがわ》に見張《みは》りのオオカミが一人《ひとり》ずつ立《た》っている。

まず、ニックがしのび足《あし》でオオカミに近《ちか》づいていく。すると、一人《ひとり》が鼻《はな》をくんくんさせながら、あたりをうろつきはじめた。ニックは武器《ぶき》になりそうな棒《ぼう》きれをひろいあげ、息《いき》をころして身《み》がまえた。

しかし、オオカミがニックを見《み》つける前《まえ》に、ウオオオオオーッ！　長《なが》く尾《お》をひくような遠吠《とおぼ》えの声《こえ》がひびいた。見張《みは》りのオオカミは、そちらへ気《き》をとられた。

ほえたのは、ものかげにかくれているジュディだった！　オオカミの声《こえ》をまねたのだ。

これをきいたオオカミは、声《こえ》を合《あ》わせてほえずにいられなかった。

もう一人《ひとり》の見張《みは》りがやってきて、ぴしゃりといった。

「やめろ、ゲイリー。」

「最初《さいしょ》にほえたのは、おれじゃない。ウオオオオオーッ！」

すると、ゲイリーを責《せ》めたオオカミも、がまんできずにほえた。まもなく、あちこちでオオカミがほえはじめ、やがて大合唱《だいがっしょう》になった。仲間《なかま》の遠吠《とおぼ》えをきくと、いっしょにほえたくてたまらなくなるのが、オオカミの習性《しゅうせい》だ。

「こっちへ！」

ジュディがニックにささやきかける。二人《ふたり》はオオカミたちの注意《ちゅうい》がそれているすきに遮《しゃ》断機《だんき》をくぐって橋《はし》をわたり、建物《たてもの》の横《よこ》にまわった。

「頭《あたま》のいいうさぎだな。」

CLIFFSIDE

ニックは本気《ほんき》で感心《かんしん》した口《くち》ぶりだ。

つるつるする岩《いわ》をよじのぼる途中《とちゅう》、ニックは足《あし》をすべらせて、ゴーゴーとうなる巨大《きょだい》な滝《たき》に落《お》ちそうになった。建物《たてもの》に通《つう》じる道《みち》をさがして、あたりをきょろきょろすると、大《おお》きな通風孔《つうふうこう》が目《め》に入《はい》った。ふたをはずし、中《なか》にもぐってすすんでいくと、建物《たてもの》の中《なか》にある一室《いっしつ》に出《で》た。洞窟《どうくつ》のようなうす暗《ぐら》いその部屋《へや》には、さびついた古《ふる》い医療器具《いりょうきぐ》がむぞうさにおかれている。

「病院《びょういん》みたいね。」

ジュディがいった。

懐中電灯《かいちゅうでんとう》でろうかをてらすと、反対側《はんたいがわ》のつきあたりに金属《きんぞく》のドアが見《み》えた。二人《ふたり》はそちらへ歩《ある》きだした。

「先《さき》に入《はい》れよ。警官《けいかん》だから。」

ニックがドアをあけるようジュディに合図《あいず》する。

ジュディはゆっくりとドアをおしあけた。さっきの部屋《へや》とはうってかわり、室内《しつない》には最《さい》新《しん》の医療器具《いりょうきぐ》がそろっている。

二人《ふたり》はゆだんなくあたりに目《め》をくばりながら、足《あし》をふみ入《い》れた。

ニックがぬき足《あし》さし足《あし》で室内《しつない》を横《よこ》ぎりながら、床《ゆか》のひっかききずを指《ゆび》さした。

「かぎづめのあとかしら?」

ジュディは周囲《しゅうい》を見《み》まわし、ドアにも深《ふか》いみぞができていることに気《き》がついた。

ニックはおじけづいて、あとずさりしはじめる。

「そう、巨大《きょだい》なかぎづめのあとだ。でも、どんな動物《どうぶつ》……。」

あらあらしいうなり声《ごえ》が、ニックのことばをさえぎった。ぎょっとしてふりむくと、ガラスごしに大《おお》きな肉食動物《にくしょくどうぶつ》の姿《すがた》が見《み》えた。トラだ!

懐中電灯《かいちゅうでんとう》をまわしてあたりをてらすと、分厚《ぶあつ》いガラスに金属製《きんぞくせい》の枠《わく》をはめこんだ、がんじょうそうなおりが、ずらりとならんでいる。その中《なか》で、いくつもの目《め》がらんらんと光《ひか》った。

二人《ふたり》はおりを一つ一つしらべてまわり、四本足《ほんあし》でおちつきなく歩《ある》きまわっているジャガーを見《み》つけた。

「マンチャスさんだわ。」

三つめ、四つめ、五つめ、そして六つめのおりに、エミット・オッタートンが！

「ついに、カワウソを見《み》つけたわ！」

ジュディは声《こえ》をあげ、オッタートン氏《し》にやさしく話《はな》しかけた。

「オッタートンさん、わたしはジュディ・ホップス警察官《けいさつかん》です。奥《おく》さんにたのまれて、あなたをさがしに来《き》ました。いますぐ、ここから出《で》ましょう。」

オッタートンはかん高《だか》い声《こえ》をあげ、ジュディにとびかかろうとして、ガラスのかべにはげしくぶつかった。

「やめたほうがいいかもな。家《いえ》へ帰《かえ》りたくなさそうだ。」

ニックがあとずさりしながらいう。

ジュディは、動物《どうぶつ》たちのいるおりの数《かず》をかぞえた。ジャガーのマンチャスをのぞけば、全部《ぜんぶ》で十四。

「ボゴ署長《しょちょう》がいってた十四件《けん》の行方不明事件《ゆくえふめいじけん》と、ぴったり合《あ》うわ。みんな、ここにはこばれてたのね！」

カチャリ！　ドアの取《と》っ手《て》がまわる音《おと》がした。ジュディとニックは、あわてておりのかげに身《み》をひそめた。だんだん足音《あしおと》が近《ちか》づいてくる。そしてまもなく、足音《あしおと》の主《ぬし》が判明《はんめい》した——ライオンハート市長《しちょう》だ！　もう一人《ひとり》、白衣《はくい》を着《き》たアナグマの医者《いしゃ》もいる。

「もうたくさんだ！　弁解《べんかい》はききたくない、ドクター。答《こた》えがほしいんだ。」

市長《しちょう》がどなった。

ジュディは携帯電話《けいたいでんわ》をとりだし、市長《しちょう》と医者《いしゃ》のやりとりを録音《ろくおん》しはじめた。

「ライオンハート市長《しちょう》、かんべんしてください。われわれは全力《ぜんりょく》をつくしています。できるかぎりのことをやってるんです。」

「ほう、そうかね。凶暴《きょうぼう》な動物《どうぶつ》たちをこの病院《びょういん》へ送《おく》りこみ、あばれる理由《りゆう》をきみに解明《かいめい》させようとした。だが、いまだにあきらかにできんではないか。全力《ぜんりょく》で仕事《しごと》をしているとはいえんぞ。」

「生物学《せいぶつがく》について、じっくり考《かんが》えるべきかもしれません。」

医者《いしゃ》がいった。

市長《しちょう》と医者《いしゃ》の背後《はいご》のおりで、オッタートンがガラスのかべをうちつけた。

「生物学《せいぶつがく》だと？　やめないか。」

「凶暴《きょうぼう》になっているのは肉食動物《にくしょくどうぶつ》だけです。かくしとおすのはむりです。発表《はっぴょう》するしかないでしょう。」

医者《いしゃ》がいった。

「この事件《じけん》がマスコミに知《し》れたら、どうなると思《おも》う。わたしは……肉食《にくしょく》のライオンだぞ。市長《しちょう》の地位《ちい》をうしなってしまう。」

「ボゴ署長《しょちょう》はどう考《かんが》えるでしょうか？」

医者《いしゃ》がたずねた。

「ボゴ署長《しょちょう》は知《し》らない。秘密《ひみつ》のままにしておこう。」

市長《しちょう》は答《こた》えた。

ブルルッ！　ブルルッ！　突然《とつぜん》、ジュディの携帯電話《けいたいでんわ》が鳴《な》った。両親《りょうしん》からの電話《でんわ》だ。

ライオンハート市長《しちょう》は、ぎょっとして顔《かお》をあげた。

「だれかいるぞ！」

「市長《しちょう》、いますぐここから出《で》てください。」

医者《いしゃ》は市長《しちょう》をせかし、無線《むせん》で部下《ぶか》たちに連絡《れんらく》する。

「警備班《けいびはん》、建物《たてもの》と周辺《しゅうへん》を捜索《そうさく》しろ！」

建物全体《たてものぜんたい》に警報《けいほう》が鳴《な》りはじめた。警備《けいび》のオオカミたちが、部屋《へや》や通路《つうろ》を捜索《そうさく》しはじめる。

「一巻《いっかん》のおわりだ。おれは死《し》ぬ。おまえも死《し》ぬ。みんな死《し》ぬんだ。」

ニックがやけぎみにいう。

「あなた、泳《およ》げる？」

ジュディはいいながら、携帯電話《けいたいでんわ》が水《みず》にぬれないように、ビニール製《せい》の証拠品収納袋《しょうこひんしゅうのうぶくろ》につっこみ、しっかり口《くち》をとじた。

「なんだって？　泳《およ》げるかって？　もちろんだ。」

いきなり、ジュディはすぐ近《ちか》くにあるカバ用《よう》の大《おお》きなトイレの中《なか》にとびこんだ。もんくをいうひまはない。ニックも目《め》をつぶり、ジュディのあとにつづいた。

二人《ふたり》は、まがりくねった排水管《はいすいかん》の中《なか》を水《みず》といっしょに流《なが》されて、ついに外《そと》の滝《たき》にほうりだされた。流《なが》れ落《お》ちる水《みず》がしぶきをあげている。ニックは大《おお》きく息《いき》をはき、岸《きし》まで泳《およ》いでわたった。ところが、ジュディの姿《すがた》が見《み》えない。

「にんじん？　ホップス？　ジュディ？」

ジュディが水《みず》の中《なか》から顔《かお》を出《だ》すと、ニックはほっと胸《むね》をなでおろした。

「ボゴ署長《しょちょう》に証拠《しょうこ》をわたせるわ！」

ジュディは携帯電話《けいたいでんわ》の入《はい》った袋《ふくろ》を高《たか》くかかげた。

21　記者会見《きしゃかいけん》

それから一時間後《じかんご》、警官《けいかん》たちは市長《しちょう》のオフィスになだれこんだ。

「ライオンハート市長《しちょう》、罪《つみ》のない市民《しみん》を誘拐《ゆうかい》し、監禁《かんきん》した罪《つみ》で逮捕《たいほ》します。」

ジュディが高《たか》らかに宣告《せんこく》し、市長《しちょう》に手錠《てじょう》をかけた。

「きみたちにはわかっていない！　あぁせざるをえなかったんだ！」

「あなたには黙秘《もくひ》する権利《けんり》があります。」

ジュディはいいそえた。

「街《まち》をまもろうとしてやったことだ。このままではズートピアがあぶない！」

ライオンハート市長《しちょう》はさけんだ。

ボゴ署長《しょちょう》は、ズートピア警察署《けいさつしょ》に報道陣《ほうどうじん》をあつめた。署長《しょちょう》のうしろには、凶暴《きょうぼう》になった動物《どうぶつ》たちのポスターがはられている。どの動物《どうぶつ》にも口輪《くちわ》がはめられていた。

ボゴ署長《しょちょう》はせきばらいをして切《き》りだした。

「マスコミ関係者《かんけいしゃ》のみなさん、この平和《へいわ》な街《まち》で十四件《けん》の行方不明事件《ゆくえふめいじけん》が発生《はっせい》しましたが、全面的《ぜんめんてき》に解決《かいけつ》しました。このあと、十四人全員《にんぜんいん》をぶじに発見《はっけん》した新人警察官《しんじんけいさつかん》が説明《せつめい》します。」

ジュディのとなりでは、ニックがアドバイスしていた。

「自分《じぶん》をかっこよく見《み》せたいなら、記者《きしゃ》の質問《しつもん》にドラマティックに答《こた》えるんだ。おおげさにいってもかまわん。じゃあ、練習《れんしゅう》だ。たとえば、こんなふうに――『手《て》ごわい事件《じけん》でしたか？』ときかれたら、『はい、とても骨《ほね》のおれる、むずかしい事件《じけん》でした』と。」

「あなたも同席《どうせき》するべきよ。いっしょに事件《じけん》を解決《かいけつ》したんですもの。」

ジュディがいった。

「おれは警官《けいかん》か？　ちがうだろ。」

ニックはそっけなく答《こた》えた。

「あなたとわたしは……とてもすてきなパートナーになれそうな気《き》がするの。はい、これ。必要《ひつよう》になったときのために記入《きにゅう》しておいて。」

ジュディはニックに、警察官採用試験《けいさつかんさいようしけん》の願書《がんしょ》とにんじん形《がた》のペンを手《て》わたした。

ベルウェザー副市長《ふくしちょう》が、演壇《えんだん》にあがるようジュディを手《て》まねきする。

「ホップス警察官《けいさつかん》、あなたの番《ばん》よ。」

一方《いっぽう》、ニックは願書《がんしょ》を見《み》おろし、ペンで記入《きにゅう》しはじめた。

事件解決《じけんかいけつ》にむけて活躍《かつやく》したホップス警察官《けいさつかん》の姿《すがた》を目《め》にするなり、リポーターたちが口々《くちぐち》にジュディによびかけ、質問《しつもん》をあびせかける。壇上《だんじょう》に立《た》ったジュディは、そのうちの一人《ひとり》を指《ゆび》さした。

「凶暴《きょうぼう》になった動物《どうぶつ》たちについて、なにかわかることがありますか?」

ジュディは質問《しつもん》について考《かんが》えながら答《こた》えはじめた。

「そうですね。彼《かれ》らは、それぞれ異《こと》なる種《しゅ》に属《ぞく》しています。」

ジュディはニックのほうを見《み》た。

ニックはほほえみ、合格《ごうかく》のしるしに親指《おやゆび》を立《た》てた。

「その動物《どうぶつ》たちのあいだがらはどうでしょう?　なにか、かかわりがありますか?」

べつのリポーターが質問《しつもん》する。

「わたしたちにわかるのは、全員《ぜんいん》が肉食動物《にくしょくどうぶつ》の仲間《なかま》だということだけです。」

ジュディは答《こた》えた。

ニックが顔《かお》をしかめた。報道陣《ほうどうじん》は色《いろ》めきたち、いっせいに質問《しつもん》した。

「つまり、凶暴《きょうぼう》になるのは肉食動物《にくしょくどうぶつ》だけですか？」

「そうです。」

ジュディはためらったすえに、うなずいた。

「どうしてそんなことが起《お》こるんですか？」

数人《すうにん》のリポーターがさけんだ。

「原因《げんいん》はまだわかりません……。」

報道陣《ほうどうじん》は落胆《らくたん》のため息《いき》をついた。

「ですが……生物学《せいぶつがく》とかかわりがあるかもしれませ

ん。」

ジュディが答《こた》えたとたん、室内《しつない》に緊迫《きんぱく》した空気《くうき》が流《なが》れた。

「どういう意味《いみ》ですか？」

リポーターの一人《ひとり》がたずねた。

「生物学上《せいぶつがくじょう》の構成要素《こうせいようそ》——つまり、DNA《ディーエヌエー》です。」

「肉食動物《にくしょくどうぶつ》のDNA《ディーエヌエー》？　くわしく説明《せつめい》してください。」

ジュディはうなずき、説明《せつめい》をはじめた。

「数千年前《すうねんまえ》の肉食動物《にくしょくどうぶつ》には、狩《か》りをする本能《ほんのう》がありました。今回《こんかい》の事件《じけん》の行方不明者《ゆくえふめいしゃ》たちは、なにかが原因《げんいん》で、古《ふる》い時代《じだい》の残酷《ざんこく》なやり方《かた》にもどったのだと思《おも》われます。」

ジュディの説明《せつめい》に、室内《しつない》は騒然《そうぜん》としはじめた。ニックはジュディの説明《せつめい》が気《き》にいらなかった。チーターのクロウハウザーもおちつかなげなようすだ。

「ホップス警察官《けいさつかん》、またおなじような事件《じけん》が起《お》こると思《おも》いますか？」

リポーターが質問《しつもん》する。

「その可能性《かのうせい》はあります。ですから、注意《ちゅうい》しなければなりません。ズートピア警察署《けいさつしょ》は市《し》民《みん》をまもるために万全《ばんぜん》の準備《じゅんび》をします。」

リポーターたちは動揺《どうよう》し、つぎからつぎへと質問《しつもん》をくりだした。

ベルウェザー副市長《ふくしちょう》が前《まえ》にすすみでて、質問《しつもん》をおわらせようとした。

「ありがとう、ホップス警察官《けいさつかん》。質疑応答《しつぎおうとう》はここまでです。」

「いいわ、でも……。」

ジュディはいいかけた。しかし、副市長《ふくしちょう》はジュディにしゃべる間《ま》をあたえず、演壇《えんだん》からおろした。

ジュディは自分《じぶん》の説明《せつめい》が成功《せいこう》したのかどうかよくわからないまま、ロビーにいるニックのところへ歩《ある》いていった。

「なんだかめまぐるしくて、あなたのことを説明《せつめい》するひまもなかったし……。」

ニックはさえぎった。

「きみはたっぷり話《はな》したと思《おも》うよ。」

「どういう意味《いみ》なの？」

「生物学上《せいぶつがくじょう》の構成要素《こうせいようそ》についてふれたり、肉食動物《にくしょくどうぶつ》の残酷《ざんこく》な本能《ほんのう》がよみがえったのかもしれないといったり……本気《ほんき》でそう思《おも》ってるのか？」

ニックは信《しん》じられないといった顔《かお》つきでジュディを見《み》た。

「事件《じけん》についての事実《じじつ》を説明《せつめい》しただけよ。つまり、うさぎが残酷《ざんこく》になるなんて考《かんが》えられないでしょ。」

「そうだな。でも、きつねが残酷《ざんこく》になる可能性《かのうせい》はあるってことだろ？」

「やめて、ニック！　あなたは残酷《ざんこく》な肉食動物《にくしょくどうぶつ》とはちがうわ。」

「でも、肉食動物《にくしょくどうぶつ》の仲間《なかま》だぜ。」

「わたしのいってることがわかってるくせに。肉食動物《にくしょくどうぶつ》の仲間《なかま》だとしても、あなたは残酷《ざんこく》になれるタイプじゃないわ。」

ニックはポスターのほうへあごをしゃくった。

「ってことは、残酷《ざんこく》になったら口輪《くちわ》をはめるのか？　きつねよけのスプレーを持《も》ち歩《ある》いてるのは、野獣《やじゅう》がいるせいか？　初《はじ》めて会《あ》った日《ひ》、おまえのスプレー缶《かん》に気《き》づかなかったと思《おも》うか？」

ニックは怒《いか》りをつのらせた。

「おれのことがこわかった？　おれが残酷《ざんこく》になると？　おれに、とって食《く》われると思《おも》ったかい？」

ふいに、ニックはジュディにとびかかるふりをした。ジュディは身《み》をすくめ、とっさにこしのスプレー缶《かん》に手《て》をかけた。

「最初《さいしょ》からわかってたさ。本気《ほんき》でおれを信用《しんよう》するやつなんていない。」

ニックはおだやかにいい、警察官《けいさつかん》の願書《がんしょ》をジュディにかえした。

「肉食動物《にくしょくどうぶつ》は、パートナーとしてふさわしくないと思《おも》うぜ。」

ニックはきびすをかえして歩《ある》きながら、シャツにはられた警察《けいさつ》バッジのステッカーをはがし、くしゃくしゃにまるめてごみ箱《ばこ》にほうりこんだ。

「ニック！」

ジュディは呼《よ》びかけた。

しかし、ニックはふりむきもせず、そのまま警察署《けいさつしょ》から出《で》ていった。

ジュディは長《なが》い耳《みみ》をたらし、しょんぼりと肩《かた》を落《お》とした。ニックとの友情《ゆうじょう》をとりもどしたい。でも、どうやって？　ジュディには、なかなおりする方法《ほうほう》がわからなかった。

22　いがみあう市民《しみん》

ジュディの記者会見《きしゃかいけん》のあと、ズートピアの動物《どうぶつ》たちのあいだには、それまでとはちがった空気《くうき》が流《なが》れはじめた。街《まち》のふんいきも少《すこ》しかわった。〝あらゆる種類《しゅるい》の動物《どうぶつ》がなかよくくらす街《まち》〟に亀裂《きれつ》が入《はい》ったのだ。

「森《もり》へ帰《かえ》れ、肉食動物《にくしょくどうぶつ》め！」

ブタがわめいた。

「なんですって！　わたしはサバンナ出身《しゅっしん》よ！」

ジャガーがいいかえす。

このブタとジャガーのように、いいあらそう光景《こうけい》が街《まち》のあちこちで見《み》られるようになり、肉食動物《にくしょくどうぶつ》と草食動物《そうしょくどうぶつ》のあいだの緊張感《きんちょうかん》は高《たか》まった。テレビのニュースでも、たびたびとりあげられるようになった。

人気《にんき》ポップスターのガゼルは街《まち》の平和《へいわ》をとりもどそうと、けんめいに市民《しみん》にうったえかけた。

「わたしの知《し》っているズートピアは、もっとすてきな街《まち》です。なぜ市民《しみん》どうしが争《あらそ》うのかわかりません。むやみに他人《たにん》を責《せ》めたり、すべての肉食動物《にくしょくどうぶつ》が凶暴《きょうぼう》だというレッテルをはったりするなんて、まちがっています。おねがいです……わたしが愛《あい》しているズートピアをかえしてください。」

ジュディは、いがみあう市民《しみん》にうんざりしていたが、自分《じぶん》がその原因《げんいん》をつくったというやましさも感《かん》じていた。出勤途中《しゅっきんとちゅう》の地下鉄《ちかてつ》で、ライオンが乗車《じょうしゃ》したとたんに、うさぎの母《はは》親《おや》がわが子《こ》を自分《じぶん》のほうへひきよせる光景《こうけい》を目《ま》のあたりにして、ジュディは首《くび》をふった。

地下鉄《ちかてつ》からおりると、ジュディはカワウソのオッタートン氏《し》が入院《にゅういん》している病院《びょういん》まで足《あし》をはこんだ。

「いまのエミットは、わたしの夫《おっと》じゃありませんわ。」

病室《びょうしつ》であばれまわる夫《おっと》の姿《すがた》をジュディといっしょに見《み》ながら、オッタートン夫人《ふじん》はなげいた。

ジュディはため息《いき》をついた。一日《にち》も早《はや》く平和《へいわ》な街《まち》にもどしたいと思《おも》うけれど、その方法《ほうほう》が見《み》つからない。


ジュディがズートピア警察署《けいさつしょ》のロビーに入《はい》ると、ボゴ署長《しょちょう》が呼《よ》びかけた。

「こっちへ来《こ》い、ホップス。新《あたら》しい市長《しちょう》がわれわれに会《あ》いたがっている。」

「市長《しちょう》が？　どうして？」

ジュディは質問《しつもん》した。

「おまえが有名《ゆうめい》になったせいだろう。」

署長《しょちょう》は説明《せつめい》し、先《さき》に立《た》って歩《ある》きだす。二人《ふたり》が受付《うけつけ》の前《まえ》を通《とお》りかかったとき、クロウハウザーは、ちょうどデスクの上《うえ》をかたづけているところだった。

「クロウハウザー、なにをしてるの？」

ジュディはたずねた。

「肉食動物《にくしょくどうぶつ》が受付《うけつけ》にすわってるんじゃ、市民《しみん》が警察署《けいさつしょ》に入《はい》りにくいらしい。だから、地下《ちか》の記録保管室《きろくほかんしつ》にひっこしだ。」

ジュディは表情《ひょうじょう》をくもらせた。

「ホップス、さっさと来《こ》い！」

ボゴ署長《しょちょう》が命令《めいれい》する。

警察署《けいさつしょ》の新《あたら》しい広《ひろ》いオフィスには、市長《しちょう》に昇格《しょうかく》した羊《ひつじ》のベルウェザーがすわっていた。署長《しょちょう》とジュディは市長《しちょう》のデスクの前《まえ》にこしをおろした。デスクには、ほほえむジュディの写真《しゃしん》が印刷《いんさつ》された一枚《まい》のパンフレットがおいてある。

ジュディはとまどいの表情《ひょうじょう》をうかべた。

「どういうことですか？」

ベルウェザー新市長《しんしちょう》が説明《せつめい》をはじめた。

「ズートピアの街《まち》の九割《わり》は草食動物《そうしょくどうぶつ》なのよ、ジュディ。そして、彼《かれ》らはおびえているわ。あなたは、おとなしい草食動物《そうしょくどうぶつ》にとってのヒーローなの。あなたを信頼《しんらい》しているのよ。だから、ボゴ署長《しょちょう》と話《はな》しあって、あなたに警察署《けいさつしょ》のマスコット的《てき》な役割《やくわり》をはたしてもらうことにしたの。」

「わたしはヒーローじゃありません。もっと住《す》みやすい街《まち》にしたくてここに来《き》たのに、失《しっ》敗《ぱい》しました。街《まち》の平和《へいわ》をみだしてしまったんです。」

「そんなに自分《じぶん》を責《せ》めるな。いつの時代《じだい》も、世《よ》の中《なか》はみだれるものだ。だから、おまえのような仕事《しごと》のできる警察官《けいさつかん》が必要《ひつよう》なんだ。」

ボゴ署長《しょちょう》がなだめた。

「おことばをかえすようですが、すぐれた警察官《けいさつかん》は街《まち》をまもり、市民《しみん》の手《て》だすけをします。争《あらそ》いをひきおこしたりしません。」

ジュディはいい、胸《むね》のバッジをはずしてボゴ署長《しょちょう》に手《て》わたした。

「わたしは、このバッジにふさわしくありません。」

「ジュディ、あなたはおさないころから警察官《けいさつかん》になりたかったんでしょ？　それなのに、やめてしまうの？　そんなまねはさせませんよ。」

ベルウェザー新市長《しんしちょう》がいった。

「チャンスをくださったことに感謝《かんしゃ》します。」

ジュディはそれだけいうと、足早《あしばや》にオフィスをあとにした。

23　故郷《こきょう》の畑《はたけ》で

ジュディは故郷《こきょう》のバニーバロウにもどり、実家《じっか》のにんじん販売所《はんばいしょ》で手伝《てつだ》いをしていた。客《きゃく》のためににんじんを袋《ふくろ》につめ、機械的《きかいてき》に声《こえ》をかける。

「一ダースのにんじんです。ありがとうございました。」

両親《りょうしん》が心配《しんぱい》そうな表情《ひょうじょう》でジュディに近《ちか》づいた。

「調子《ちょうし》はどうだい？」

父《ちち》のスチューが問《と》いかける。

「順調《じゅんちょう》よ。うまくやってるわ。」

ジュディは答《こた》えた。

「順調《じゅんちょう》そうには見《み》えないわね。耳《みみ》がたれてるわ。」

母《はは》のボニーが指摘《してき》する。

「自分《じぶん》の力《ちから》でもっと住《す》みやすい街《まち》にできるなんて、思《おも》いあがってたわ。どうしてそんなことを考《かんが》えたのかしら？」

ジュディは自分《じぶん》に問《と》いかけるようにつぶやいた。

「おまえは、チャレンジ精神《せいしん》にあふれてるせいさ。ためしにやってみるのが好《す》きなんだろ？」

スチューがいうと、ボニーはうなずいた。

「そう、あなたはいつだって挑戦者《ちょうせんしゃ》よ。」

「ええ、ためしにやってみたわ。その結果《けっか》、罪《つみ》のない肉食動物《にくしょくどうぶつ》を不幸《ふこう》にしてしまったのよ。」

ブブーッ！　ふいにクラクションがひびき、パイをはこぶ移動販売車《いどうはんばいしゃ》がとまった。

ジュディは目《め》をまるくした。

「あれは……ギデオン・グレイなの？」

車《くるま》の横《よこ》には、〝ホップス農場《のうじょう》の新鮮野菜《しんせんやさい》をつかったギデオン・グレイのおいしいパイ〟の文字《もじ》が入《はい》っている。

CARROTS
1.20

スチューがうなずいた。

「そうだ。いまはギデオンといっしょに仕事《しごと》をしてる。」

「ギデオンは、わたしたちのパートナーよ！　あなたのおかげで偏見《へんけん》をすてることができたの。」

ボニーがいった。

ギデオン・グレイが車《くるま》からおりてきた。

「おどろいたわ、ギデオン。見《み》ちがえそうよ。」

ジュディは声《こえ》をかけた。

「やあ、ジュディ、悪《わる》がき時代《じだい》にやったことを、きみにあやまりたかった。あのころのおれは、救《すく》いようのないまぬけだったよ。」

「いまのわたしも似《に》たようなものよ。」

「とにかく、パイを持《も》ってきたぞ。」

ギデオンは、パイをつめた箱《はこ》を高《たか》くかかげた。

ちょうどそのとき、うさぎの子《こ》どもたちが、パイをもらおうと野菜畑《やさいばたけ》からまっすぐ走《はし》ってきた。

「おい、子《こ》どもたち、ミドニカンパム・ホリシシアスに近《ちか》づいたらだめだぞ。」

スチューが注意《ちゅうい》する。

「いまじゃ、そんなおおげさな言《い》い方《かた》はしない。おれの家族《かぞく》は〝夜《よる》の遠吠《とおぼ》え〟って呼《よ》んでるぜ。」

ギデオン・グレイが笑《わら》った。

ジュディの耳《みみ》がぴんと立《た》った。

「いま、なんていった？」

スチューは、野菜畑《やさいばたけ》のへりで青《あお》い花《はな》を咲《さ》かせている植物《しょくぶつ》を手《て》ぶりでしめした。

「ギデオンは、あの花《はな》の話《はなし》をしてるんだ、ジュディ。わたしはあれを害虫《がいちゅう》よけにつかってるが、子《こ》どもたちには近《ちか》づかせたくない。おまえのテリーおじさんの件《けん》があるからな。」

「そうね。わたしたちがまだ子《こ》どもだったころ、テリーはあの花《はな》の球根《きゅうこん》を一つまるごと食《た》べて、あばれだしたの。」

ボニーがつけくわえた。

「おまえにかみついたこともあったな、ボニー。」

スチューがいった。

「うさぎだって凶暴《きょうぼう》になる……。」

ジュディはつぶやいた。

「凶暴《きょうぼう》？　そのいいまわし、おだやかじゃないわね。」

「だが、おまえのうでには、大《おお》きなきずあとがのこってるじゃないか。凶暴《きょうぼう》でもまちがってないと思《おも》うぞ。」

ジュディはあれこれと考《かんが》えをめぐらし、これまでの情報《じょうほう》をつなぎあわせようとした。〝夜《よる》の遠吠《とおぼ》え〟は、オオカミのことじゃなかった——動物《どうぶつ》を凶暴《きょうぼう》にする花《はな》の名前《なまえ》だったのね！

「キー、キーよ！　車《くるま》のキーをかして！　いそいで！」

ジュディはせきこむようにいった。

父《ちち》のスチューがトラックのキーをほうる。ジュディはそのキーをつかむと、すばやくトラックに乗《の》りこんだ。

「ありがとう！　愛《あい》してるわ！　じゃあね！」

ジュディの運転《うんてん》するトラックは、猛《もう》スピードで走《はし》りはじめた。ズートピアに着《つ》いたら、真《ま》っ先《さき》にニックを見《み》つけださなければ！

24 かぎをにぎる男《おとこ》

ニックは、ひっそりした橋《はし》の下《した》にいすを出《だ》してすわっていた。いすのわきのテーブルには、飲《の》み物《もの》の入《はい》ったグラスがおいてある。

ジュディはニックに近《ちか》づき、話《はな》しかけた。

「〝夜《よる》の遠吠《とおぼ》え〟は、オオカミのことじゃなかったわ。毒《どく》をもつ花《はな》の名前《なまえ》だったのよ。だれかが肉食動物《にくしょくどうぶつ》を凶暴《きょうぼう》にするために、計画的《けいかくてき》に花《はな》をつかったんだと思《おも》うの。」

「へえ、興味《きょうみ》ないね。」

ニックは気《き》のない返事《へんじ》をすると、立《た》ちあがって歩《ある》きだした。

ジュディはあとを追《お》った。

「待《ま》って！　あなたにゆるしてもらえるなんて思《おも》ってないし、ゆるしてほしいってたのむつもりもないの。わたしは無知《むち》で無責任《むせきにん》で、とても心《こころ》がせまかった。でも、わたしのあやまちのせいで、罪《つみ》のない肉食動物《にくしょくどうぶつ》が苦《くる》しむなんて、たえられない。だから、手《て》つだってほしいの。あなたなしじゃ、真相《しんそう》をつきとめることなんてできないわ。」

ジュディは泣《な》きながらいった。

ニックはため息《いき》をついたが、それでもジュディのほうへ顔《かお》をむけようとはしない。

「わたしをにくむのは、事件《じけん》が解決《かいけつ》してからでもおそくないでしょ。わたしはひどい友《とも》だちだったし、あなたをきずつけたわ。あなたは初《はじ》めから正《ただ》しかったの――そう、わたしはまぬけなうさぎよ。」

ニックはだまったままだ。気《き》まずい沈黙《ちんもく》がつづき、それからふいに、ジュディの録音《ろくおん》された声《こえ》が流《なが》れてきた。

〝わたしはまぬけなうさぎよ。〟〝わたしはまぬけなうさぎよ。〟

ニックが、かげになった場所《ばしょ》から出《で》てきて、にんじん形《がた》レコーダーペンをかかげた。

「元気出《げんきだ》せよ、にんじん。消《け》してやるさ……四十八時間《じかん》すぎたら。」

ジュディの目《め》から涙《なみだ》がこぼれ落《お》ちた。ニックは首《くび》をふった。

「わかった、手《て》つだうよ。」

ジュディは、ニックをぎゅっとだきしめた。

「うさぎはすぐにめそめそする。と見《み》せかけて油断《ゆだん》させ、本当《ほんとう》はこのペンをかすめようとしたんだろ？　いま、おまえはおれのうしろに立《た》っている。だから、シッ、シッ、はなれろ。」

ニックは冗談《じょうだん》めかしていった。

まもなく、二人《ふたり》はトラックに乗《の》りこんだ。

「おお、うさぎはにんじんを育《そだ》てるだけだと思《おも》ってたよ！」

ニックは座席《ざせき》においてあるブルーベリーの入《はい》ったかごに手《て》をのばすと、いくつかつまんで口《くち》にほうりこみ、シャツのポケットにもつめこんだ。

「で、これからの予定《よてい》は？」

「まず、〝夜《よる》の遠吠《とおぼ》え〟を追《お》いかけるわ。この男《おとこ》を知《し》ってる？」

ジュディはデューク・ウィーゼルトンの写真《しゃしん》を見《み》せた。リトル・ローデンシアで〝夜《よる》の遠吠《とおぼ》え〟をぬすみ、ズートピア署《しょ》に連行《れんこう》されたイタチだ。

「前《まえ》にもいっただろ。おれの知《し》らないやつなんていない。」

ニックは答《こた》えた。


二人《ふたり》は、ウィーゼルトンが街角《まちかど》でがらくたを売《う》っているところを見《み》つけた。

「おれの店《みせ》には、ほしいものがなんでもあるぜ。お気《き》に入《い》りの映画《えいが》も、よりどりみどり！公開前《こうかいまえ》のぴっかぴかの新作《しんさく》だ！」

ウィーゼルトンの前《まえ》には、DVD《ディーブイディー》の海賊版《かいぞくばん》がならんでいる。

「これはこれは、いかがわしい密売人《みつばいにん》にぎゃくもどりか。」

ニックは声《こえ》をかけ、ウィーゼルトンに近《ちか》づいた。

「それがどうした？　おまえと関係《かんけい》あるのか、ワイルド？」

ウィーゼルトンはジュディをおぼえていた。

「あんた、あのときの、うさちゃん警官《けいかん》じゃないか。」

「あの球根《きゅうこん》がたまねぎじゃないことを、知《し》っててぬすんだわね。どうするつもりだったの？」

ジュディは問《と》いつめた。

「うさぎと話《はな》す気《き》はないね。なにをどうしようと、おれの勝手《かって》だろ。」

ウィーゼルトンはフンと鼻《はな》を鳴《な》らした。

ジュディとニックは顔《かお》を見《み》あわせ、にやりと笑《わら》った。二人《ふたり》とも、おなじことを考《かんが》えていた——ウィーゼルトンの口《くち》をわらせるのに、うってつけの方法《ほうほう》がある！


デューク・ウィーゼルトンは、ミスター・ビッグの屋敷《やしき》へつれこまれていた。ホッキョクグマに体《からだ》をつかまれ、氷《こおり》の穴《あな》の上《うえ》にぶらさがっている。

「氷《こおり》の中《なか》へ落《お》とせ。」

ミスター・ビッグが命《めい》じた。

ウィーゼルトンは悲鳴《ひめい》をあげ、自由《じゆう》になろうとして身《み》をよじった。

「うすよごれたネズミめ！　知《し》ってるだろ？　あのうさぎは警官《けいかん》だぜ！」

ミスター・ビッグは部下《ぶか》のホッキョクグマに、待《ま》ての合図《あいず》をした。

「まもなく生《う》まれる孫娘《まごむすめ》のゴッドマザーでもある。」

フルー・フルーが入《はい》ってきて、大《おお》きくなったおなかを見《み》せた。

「生《う》まれる女《おんな》の子《こ》に、ジュディって名《な》づける予定《よてい》なの。」

「まあ！」

ジュディはにっこりした。

「よし、イタチをつっこめ。」

ウィーゼルトンはあせった。氷《こおり》の中《なか》に落《お》とされてはたまらない。

「待《ま》て！　しゃべるよ！　〝夜《よる》の遠吠《とおぼ》え〟をかっぱらったのは、売《う》ってもうけるためだ。」

「だれに売《う》ったの？」

ジュディがたずねた。

「ダグって名《な》の羊《ひつじ》だ。地下《ちか》に取《と》り引《ひ》きの場所《ばしょ》がある。だが、用心《ようじん》しろよ。ダグは愛想《あいそ》のいいやつじゃないからな。」

25 暴走《ぼうそう》する電車《でんしゃ》

ジュディとニックは、ウィーゼルトンからきいた道順《みちじゅん》をたどり、廃止《はいし》された駅《えき》の入り口《いぐち》を見《み》つけた。

くずれかけた階段《かいだん》をおりると、線路《せんろ》に放置《ほうち》されている古《ふる》い地下鉄《ちかてつ》の電車《でんしゃ》が見《み》えた。ここが秘密《ひみつ》の取《と》り引《ひ》き場所《ばしょ》だ。となりの線路《せんろ》を電車《でんしゃ》が走《はし》りすぎていく。駅《えき》は廃止《はいし》されたが、いまもこの路線《ろせん》はつかわれている。

まもなく、たくましい二人《ふたり》の羊《ひつじ》が地下《ちか》におりてきた。ジュディとニックはものかげにかくれ、羊《ひつじ》たちが消《き》えるのを待《ま》った。しずかになると、ニックはジュディの体《からだ》をおしあげ、窓《まど》ごしに車両《しゃりょう》の中《なか》のようすをさぐらせた。車両《しゃりょう》が一台《だい》だけの古《ふる》い電車《でんしゃ》は温室《おんしつ》に改造《かいぞう》され、大量《たいりょう》の〝夜《よる》の遠吠《とおぼ》え〟が青《あお》い花《はな》を咲《さ》かせている。温室《おんしつ》のわきには大《おお》きな机《つくえ》があり、ビーカー、フラスコ、チューブなど、さまざまな実験道具《じっけんどうぐ》がのっている。

「イタチが話《はな》したとおりだわ。」

ジュディはささやき、窓《まど》をおしあけて車両《しゃりょう》にしのびこんだ。ニックもあとにつづく。

と、そのとき、カチャリ！　取《と》っ手《て》のまわる音《おと》がして、とびらがひらいた。ジュディとニックは、あわてて机《つくえ》の下《した》にもぐりこんだ。実験用《じっけんよう》の上着《うわぎ》をつけた羊《ひつじ》が入《はい》ってきた。上着《うわぎ》の名札《なふだ》から見《み》て、その羊《ひつじ》がダグにまちがいなさそうだ。

ダグは、花《はな》を咲《さ》かせている〝夜《よる》の遠吠《とおぼ》え〟の前《まえ》に立《た》ち、慎重《しんちょう》な手《て》つきで花《はな》びらをちぎってあつめると、火《ひ》にかけてとかしはじめた。とけた花《はな》びらは青《あお》い液体《えきたい》になってチューブを通《とお》り、フラスコに入《はい》っていく。ダグは青《あお》いエキスをまるいカプセルに注入《ちゅうにゅう》し、弾丸《だんがん》をつくった。

そのとき、ダグの携帯電話《けいたいでんわ》が鳴《な》った。

「はい、ダグですが……サハラ・スクエアのチーターですね。了解《りょうかい》です。チーターの足《あし》が速《はや》いのはわかってます。へまはしません。動《うご》く車《くるま》の窓《まど》ごしに、カワウソをねらって命中《めいちゅう》させたほどですから。」

ダグは青《あお》いエキスのカプセルを銃《じゅう》に装填《そうてん》し、かばんの中《なか》に入《い》れた。ダグのうしろのかべ

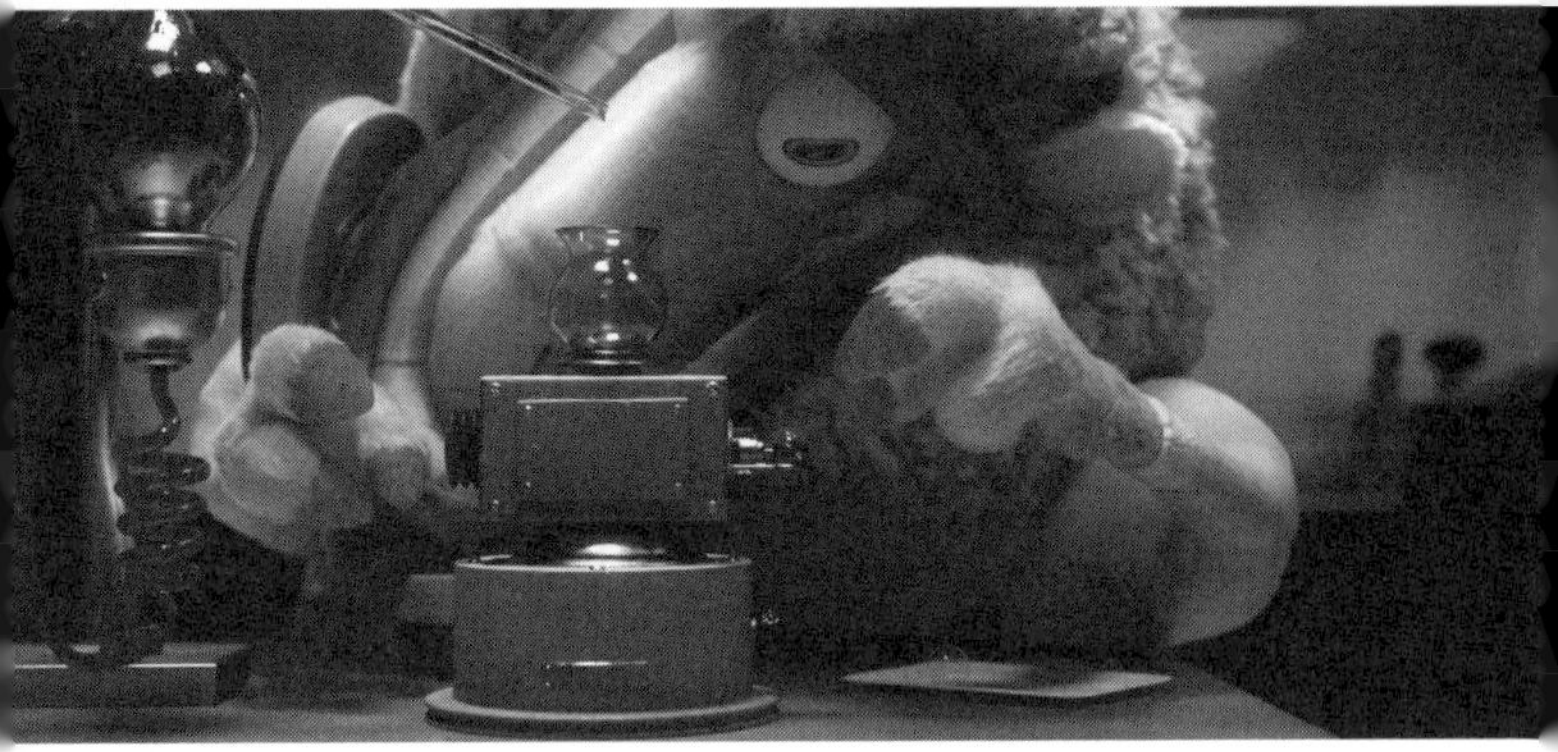

一面《いちめん》をしめる大《おお》きな地図《ちず》のあちこちに、さまざまな動物《どうぶつ》の写真《しゃしん》がはってある。玄関《げんかん》ドアのすきまからのぞいている、マンチャスの写真《しゃしん》もあるではないか！

ジュディとニックは、思《おも》わず顔《かお》を見《み》あわせた。地図《ちず》の写真《しゃしん》は、行方不明《ゆくえふめい》になった動物《どうぶつ》たちのものなのだ！

〝夜《よる》の遠吠《とおぼ》え〟をつかってこしらえた青《あお》い弾丸《だんがん》を動物《どうぶつ》たちの体《からだ》にうちこみ、凶暴《きょうぼう》な野獣《やじゅう》に豹変《ひょうへん》させたにちがいない。マンチャスのアパートをたずねたとき、どこかにかくれていたダグが窓《まど》ごしに青《あお》いエキスをうちこんだとすれば、急《きゅう》に凶暴《きょうぼう》になった理由《りゆう》も説明《せつめい》できる。

ドン！　ドン！　さっき見《み》かけた羊《ひつじ》たちがとびらをたたいた。

「ダグ、あけろ！」

ダグは電話《でんわ》を切《き》り、とびらをひらいた。

その瞬間《しゅんかん》、バシッ！　ジュディは、ダグの背中《せなか》に強烈《きょうれつ》な両足《りょうあし》キックを見舞《みま》い、三人《にん》まとめて、とびらの外《そと》へつきとばした。そして、すぐさま中《なか》からかぎをかける。

「どうするつもりだ？」

ニックがさけんだ。

羊《ひつじ》たちは車両《しゃりょう》のまわりをうろつき、とびらをはげしくたたく。

「ズートピア警察《けいさつ》にわたすための証拠《しょうこ》がいるわ。」

「わかった。」

ニックは、ダグの銃《じゅう》が入《はい》っているかばんをつかんだ。

「いいえ、電車《でんしゃ》ごと全部《ぜんぶ》よ。」

ジュディは、にっと笑《わら》った。

「なんだって？　こんどは車掌《しゃしょう》になる気《き》か？」

ジュディは運転席《うんてんせき》につくと、レバーを操作《そうさ》して電車《でんしゃ》をスタートさせた。

「うそだろ！　かんべんしてくれ！」

ニックは天《てん》をあおいだ。

ホームをはなれた電車《でんしゃ》は、線路《せんろ》の上《うえ》をなめらかに走《はし》りはじめた。ようやくニックも笑顔《えがお》を見《み》せた。

ドーン！　走《はし》って電車《でんしゃ》を追《お》ってきた羊《ひつじ》が車両《しゃりょう》にとびつき、天井《てんじょう》をつきやぶって温室《おんしつ》に入《はい》ってきた。突進《とっしん》してくる羊《ひつじ》を見《み》ると、ニックはいそいで運転席《うんてんせき》との仕切《しき》りのとびらをしめた。だが、羊《ひつじ》は体当《たいあ》たりして中《なか》に入《はい》ろうとする。

ドン！　ドン！　ドン！　電車《でんしゃ》の前《まえ》にまわったべつの羊《ひつじ》が窓《まど》によじのぼり、頭突《ずつ》きをくらわせた。ガシャン！　ついに、羊《ひつじ》がガラスをこわして運転席《うんてんせき》に身《み》をのりだし、ジュディをつかまえようとした。

なんとかしないと！　ニックは、温室《おんしつ》にいる羊《ひつじ》がふたたび体当《たいあ》たりしてきた瞬間《しゅんかん》、さっと仕切《しき》りのとびらをあけた。いきおいあまった羊《ひつじ》は正面《しょうめん》の仲間《なかま》にぶつかり、ジュディもろとも外《そと》へつきとばすと、そのまま窓《まど》につっこんだ。ジュディはとっさに、窓《まど》から体半分《からだはんぶん》とびだした羊《ひつじ》の角《つの》をつかみ、走《はし》る電車《でんしゃ》からふり落《お》とされないように必死《ひっし》にぶらさがった。羊《ひつじ》の体《からだ》も半分《はんぶん》、窓《まど》からとびだした。

「速度《そくど》をあげて、ニック！」

ジュディはさけんだ。

「気《き》でもふれたか？　電車《でんしゃ》が近《ちか》づいてきてるんだぞ！」

「信《しん》じて！　スピードをあげて！」

このままでは電車《でんしゃ》どうしがぶつかってしまう！　しかし、ジュディはあわてなかった。

羊《ひつじ》の角《つの》をはなし、すばやく窓《まど》わくにつかまった。間髪《かんはつ》いれず、目《め》の前《まえ》にせまってきた線路《せんろ》分岐装置《ぶんきそうち》にむかって羊《ひつじ》を思《おも》いきりけとばし、車内《しゃない》にもどる。

ねらいどおり、羊《ひつじ》の体《からだ》は分岐装置《ぶんきそうち》のスイッチにぶつかり、線路《せんろ》が二つにわかれた。ジュディたちを乗《の》せた電車《でんしゃ》は、二つの線路《せんろ》の一方《いっぽう》へ進路《しんろ》をかえ、すんでのところで衝突《しょうとつ》をまぬがれた。

電車《でんしゃ》の速度《そくど》が落《お》ちたその瞬間《しゅんかん》、ジュディとニックは近《ちか》づいてきた駅《えき》のホームへとびおりる。電車《でんしゃ》は脱線《だっせん》してコンクリートのかべにつっこみ、爆発《ばくはつ》して炎《ほのお》につつまれた。〝夜《よる》の遠《とお》吠《ぼ》え〟をふくめ、車両《しゃりょう》の中《なか》のあらゆる証拠品《しょうこひん》が灰《はい》になってしまったのだ！

「なにもかも消《き》えちゃったわ。」

ジュディはがっかりして肩《かた》を落《お》とした。

「そうだな、これ以外《いがい》は。」

ニックは銃《じゅう》と青《あお》い弾丸《だんがん》が入《はい》ったかばんをかかげた。

26　事件《じけん》の黒幕《くろまく》

ニックとジュディは地下鉄《ちかてつ》の階段《かいだん》をのぼって外《そと》に出《で》ると、がらんとした自然史博物館《しぜんしはくぶつかん》にかけこんだ。博物館《はくぶつかん》をぬけるほうが早《はや》い。ズートピア警察署《けいさつしょ》はそのすぐ先《さき》だ。

「ほら、あそこだわ！」

ジュディは声《こえ》をあげた。博物館《はくぶつかん》のガラス張《ば》りの出入《でい》り口《ぐち》を通《とお》して、警察署《けいさつしょ》の建物《たてもの》が見《み》える。

「ジュディ！　ジュディ！」

だれかの声《こえ》が呼《よ》びかけた。

ジュディとニックは走《はし》るのをやめ、うしろをふりかえった。ベルウェザー市長《しちょう》が、羊《ひつじ》の警察官《けいさつかん》二人《ふたり》をしたがえて立《た》っている。

「ベルウェザー市長《しちょう》！　事件《じけん》の真相《しんそう》をほぼつきとめました。だれかが肉食動物《にくしょくどうぶつ》に〝夜《よる》の遠《とお》吠《ほ》え〟のエキスでつくった弾丸《だんがん》をうちこみ、凶暴《きょうぼう》な野獣《やじゅう》にかえたんです！」

ジュディは証拠《しょうこ》が入《はい》っているかばんをかかげた。

「なんてすばらしい！　おてがらね。鼻《はな》が高《たか》いわ、ジュディ。」

ベルウェザー市長《しちょう》はほめたたえた。

「ありがとうございます、市長《しちょう》……でも、なぜここがわかったんですか？　わたしたちがいるって。」

ふと疑問《ぎもん》を感《かん》じて、ジュディはたずねた。

「そのかばんは、わたしがあずかるわ。」

わたしたちの行動《こうどう》は、だれにも知《し》られていないはずなのに……。ジュディは釈然《しゃくぜん》としなかったが、のんびり考《かんが》えているひまはない。

「いいえ、証拠品《しょうこひん》は、ニックとわたしが警察《けいさつ》へ持《も》っていきます。」

ジュディはきびすをかえした。が、ベルウェザー市長《しちょう》がすばやく行《ゆ》く手《て》に立《た》ちはだかった。なぜ、市長《しちょう》はこんなまねを？

その瞬間《しゅんかん》、霧《きり》が晴《は》れるように、すべてのなぞがとけた。行方不明事件《ゆくえふめいじけん》の最初《さいしょ》から、ベルウェザーがかかわっていた――ベルウェザーこそが、事件《じけん》の黒幕《くろまく》なのだ！　やさしげな外《がい》見《けん》のうらに、もう一つの顔《かお》がかくされていたなんて！

ジュディはニックに合図《あいず》して、全速力《ぜんそくりょく》でかけだした。

「つかまえて！」

ベルウェザーが部下《ぶか》たちに命令《めいれい》する。

ジュディは通路《つうろ》を走《はし》りながら、肩《かた》ごしにうしろをふりかえった。市長《しちょう》の姿《すがた》が消《き》えている。前《まえ》にむきなおった瞬間《しゅんかん》、足《あし》にはげしい痛《いた》みを感《かん》じて、ジュディは悲鳴《ひめい》をあげ、たおれこんだ。目《め》の前《まえ》に毛《け》むくじゃらの巨大《きょだい》なマンモスの模型《もけい》があることに気《き》づかず、つきでたするどいきばに足《あし》をぶつけてしまったのだ！

「にんじん！」

ニックはさけび、ジュディのところへかけよった。足《あし》に深《ふか》い切《き》りきずができ、血《ち》が流《なが》れている。ニックは巨大《きょだい》な円柱《えんちゅう》のかげまでジュディをはこんだ。かがみこんだひょうしに、ニックのシャツのポケットから、ブルーベリーがいくつかころげ落《お》ちた。

そのとき、ベルウェザーの声《こえ》がひびいた。

「出《で》ておいで、ジュディ！」

「これをもってて。あなたからボゴ署長《しょちょう》にわたして。」

ジュディはニックに耳《みみ》うちし、かばんを手《て》わたした。

「おまえをのこして行《い》けるわけないだろ。」

「でも、わたしは歩《ある》けないわ。」

「なにか……方法《ほうほう》を考《かんが》えよう。」


ベルウェザー市長《しちょう》は、あまいことばでジュディを油断《ゆだん》させようとした。

「あなたとわたしは仲間《なかま》どうしよ、ジュディ！　これまでずっと、草食動物《そうしょくどうぶつ》は見《み》くだされ、ばかにされてきたわ。そんな仕打《しう》ちには、たえられないでしょ？　たしかに、肉食動《にくしょくどう》物《ぶつ》は強《つよ》くて大《おお》きいわ。でも、数《かず》では、わたしたちのほうがはるかにまさってるの。市民《しみん》の九割《わり》をしめる草食動物《そうしょくどうぶつ》が力《ちから》を合《あ》わせて敵《てき》に立《た》ちむかえば、何倍《なんばい》もの力《ちから》になるはずよ。だれにもじゃまさせないわ！」

市長《しちょう》はふと、長《なが》い耳《みみ》がかべに影《かげ》を投《な》げかけていることに気《き》づき、部下《ぶか》の羊《ひつじ》たちにそっと合図《あいず》した。部下《ぶか》たちはねらいすましてとびかかったが、影《かげ》の主《ぬし》はツノウサギの模型《もけい》だった。

そのすきに、ジュディとニックは逃《に》げだした。

「あそこよ！」

ベルウェザーはさけんだ。

羊《ひつじ》が二人《ふたり》にタックルしておしたおし、ニックの手《て》からかばんをふっとばした。ジュディとニックを、本物《ほんもの》そっくりの風景《ふうけい》にかこまれた深《ふか》い大《おお》きな穴《あな》へつき落《お》とす。穴《あな》の中《なか》にも草《くさ》木《き》と石《いし》の模型《もけい》がおかれ、かべをとりかこむ立体的《りったいてき》な景色《けしき》の一部《いちぶ》にとけこんでいる。

ベルウェザーは穴《あな》のふちに立《た》ち、中《なか》の二人《ふたり》を見《み》おろした。

「なにが望《のぞ》みなの？　わたしを殺《ころ》すこと？」

ジュディは問《と》いつめた。

「もちろん、ちがうわ。あなたを殺《ころ》すのは……そこにいるきつねよ。」

ベルウェザーはかばんの中《なか》から銃《じゅう》をとりだし、ニックにねらいをさだめた。

ピシッ！　銃口《じゅうこう》からとびだした青《あお》い弾丸《だんがん》が、ニックの首《くび》に命中《めいちゅう》した。

「ニック！」

ジュディはさけんだ。

ニックは体《からだ》をふるわせ、しゃがみこんだ。

ベルウェザーは電話《でんわ》をかけはじめる。

「ええ、警察官《けいさつかん》です！　自然史博物館《しぜんしはくぶつかん》に、凶暴《きょうぼう》なきつねがいます。ホップス警察官《けいさつかん》がおそわれて、たおれてるんです。おねがい、いそいで！」

ジュディは穴《あな》のまわりをぐるりとかこむ風景《ふうけい》の模型《もけい》をしらべてみたが、どこにも逃《に》げ場《ば》はなさそうだ。いまやニックは四本《ほん》の足《あし》で立《た》ち、野獣《やじゅう》のようにするどい目《め》を光《ひか》らせている。

「やめて、ニック！　負《ま》けないで！」

「自分《じぶん》の意思《いし》とはかかわりなく、どうもうになっちゃうのよね。野獣《やじゅう》の本能《ほんのう》をもってるんですもの。」

市長《しちょう》が満足《まんぞく》げにいった。

ニックがジュディにせまってくる。歯《は》をむき、うなり、いまにもとびかからんばかりだ。

「新聞《しんぶん》の見出《みだ》しを読《よ》むのが楽《たの》しみね。〝ホップス警察官《けいさつかん》、凶暴《きょうぼう》なきつねに殺《ころ》される〟。」

ベルウェザーは楽《たの》しそうに笑《わら》った。

「草食動物《そうしょくどうぶつ》は肉食動物《にくしょくどうぶつ》におびえ、あなたは力《ちから》をもちつづける。それが望《のぞ》みなの？」

ジュディはたずねた。

「ええ、ズートピアのリーダーとして、大《おお》きな力《ちから》をね。」

「うまくいくはずがないわ。」

「いいえ、いつの時代《じだい》も、恐怖《きょうふ》は市民《しみん》に大《おお》きな影響《えいきょう》をあたえるわ。わたしは肉食動物《にくしょくどうぶつ》に〝夜《よる》の遠吠《とおぼ》え〟の銃弾《じゅうだん》をうちつづけ、ズートピア市民《しみん》に恐怖心《きょうふしん》をうえつけるつもりよ。」

猛獣《もうじゅう》のような声《こえ》をあげながら、ニックがジュディを穴《あな》のすみに追《お》いつめる。

「さようなら、うさぎちゃん。」

ベルウェザーはほほえんだ。

と、ふいにニックが二本《ほん》の足《あし》で立《た》ちあがり、ジュディをたすけ起《お》こした。そして、ブルーベリーにそっくりの青《あお》いカプセルをかかげた。

「あいにくだったな。動物《どうぶつ》を凶暴《きょうぼう》にする〝夜《よる》の遠吠《とおぼ》え〟は、いまおれが持《も》ってるんだ。つかさっき、弾丸《だんがん》とブルーベリーをすりかえたのさ。」

「あなたの銃《じゅう》に入《はい》っているのは、わが家《や》の農場《のうじょう》で育《そだ》てたブルーベリーよ。」

ジュディがいいそえた。

「うまいぞ。食《た》べてみろよ。」

ニックはにやりと笑《わら》った。

ベルウェザーはショックをうけた表情《ひょうじょう》で、手《て》にした銃《じゅう》を見《み》おろした。

「わたしはライオンハートにぬれぎぬを着《き》せて、犯人《はんにん》にしたてたわ。あなたもおなじ運命《うんめい》をたどるのよ！　権威《けんい》ある市長《しちょう》として、あなたの主張《しゅちょう》をすべて否定《ひてい》するわ！」

ベルウェザーはジュディにむかって腹《はら》だたしげにさけんだ。

すかさず、ニックがにんじん形《がた》のレコーダーペンを高《たか》くかかげた。ボタンをおして、ベルウェザーのことばを再生《さいせい》する。

〝……肉食動物《にくしょくどうぶつ》に〝夜《よる》の遠吠《とおぼ》え〟の銃弾《じゅうだん》をうちつづけ、ズートピア市民《しみん》に恐怖心《きょうふしん》をうえつけるつもりよ。〟

「あなたの主張《しゅちょう》を、あなた自身《じしん》が否定《ひてい》してるわね。」

ジュディとニックはほほえみをかわし、声《こえ》をそろえていった。

「ちょっとずるいやり方《かた》――これを〝ぺてん〟という！」

27 新《あたら》しい警察官《けいさつかん》

つぎの日《ひ》、テレビのニュース番組《ばんぐみ》は、肉食動物《にくしょくどうぶつ》による襲撃事件《しゅうげきじけん》を大《おお》きくとりあげ、オレンジ色《いろ》の囚人服《しゅうじんふく》を着《き》たベルウェザーが刑務所《けいむしょ》へ送《おく》られるシーンをくりかえし放映《ほうえい》した。

「ズートピアで起《お》こった残忍《ざんにん》な襲撃事件《しゅうげきじけん》の首謀者《しゅぼうしゃ》として、ベルウェザー前市長《ぜんしちょう》が拘束《こうそく》されました。」

ニュースキャスターが発表《はっぴょう》し、誘拐罪《ゆうかいざい》および監禁罪《かんきんざい》に問《と》われているレオドア・ライオンハートの映像《えいぞう》に切《き》りかえた。

「ライオンハートは、ベルウェザーの計画《けいかく》についてはまったく知《し》らず、凶暴《きょうぼう》になった動物《どうぶつ》を監禁《かんきん》したのは街《まち》と市民《しみん》をまもるためだったと主張《しゅちょう》しています。」

ライオンハート市長《しちょう》は、えらそうなところはあるものの、悪《わる》いライオンではなく、市民《しみん》をまもるために動物《どうぶつ》たちをとらえて、野獣《やじゅう》になった原因《げんいん》をさぐろうとしていた。目的《もくてき》は正《ただ》しかったが、やり方《かた》をまちがえたのだ。

カメラはテレビ局《きょく》のスタジオにもどった。

「毒草《どくそう》にくわしい医師《いし》は、襲撃事件《しゅうげきじけん》に使用《しよう》された〝夜《よる》の遠吠《とおぼ》え〟の毒素《どくそ》を中和《ちゅうわ》する抗毒素《こうどくそ》が、被害者《ひがいしゃ》の治療《ちりょう》に大《おお》きな効果《こうか》があると語《かた》っています。」

オッタートン氏《し》も抗毒素《こうどくそ》のおかげで、以前《いぜん》のおだやかなカワウソにもどっていた。夫人《ふじん》はうれし涙《なみだ》を流《なが》し、夫《おっと》をだきしめた。ジュディもかたわらにつきそい、幸《しあわ》せをとりもどした夫妻《ふさい》にあたたかいまなざしをそそいだ。


それから数《すう》か月後《げつご》、ジュディはズートピア警察学校《けいさつがっこう》の卒業式《そつぎょうしき》に出席《しゅっせき》し、式辞《しきじ》をのべた。

「ズートピアは、だれもが夢《ゆめ》をかなえられる理想的《りそうてき》な街《まち》——子《こ》どものころのわたしは、そう信《しん》じていました。しかし、現実《げんじつ》の生活《せいかつ》は、もう少《すこ》し入《い》りくんでいて、やっかいです。制《せい》限《げん》があり、そして、だれでもあやまちをおかします。たがいが理解《りかい》しようとすればするほど、個々《ここ》のちがいがうきぼりになってくるでしょう。だからこそ、努力《どりょく》しなければなりません。たがいをよく知《し》り、たがいのちがいをみとめあうことがだいじなのです。大《おお》きな動《どう》物《ぶつ》だろうと小《ちい》さな動物《どうぶつ》だろうと、種類《しゅるい》は関係《かんけい》ありません。みなさん、あきらめないでください、よりくらしやすい世界《せかい》にするために。自分《じぶん》を見《み》つめ、自分自身《じぶんじしん》を知《し》ることから、すべてははじまります。」

ニックがジュディの前《まえ》へすすみでた。背《せ》すじをぴんとのばして立《た》つニックは、背《せ》が高《たか》く、堂々《どうどう》としている。ジュディは、卒業《そつぎょう》したニックの胸《むね》に警察《けいさつ》バッジをとめた。

卒業生《そつぎょうせい》たちが帽子《ぼうし》を宙高《ちゅうたか》くほうると、群衆《ぐんしゅう》は盛大《せいだい》に拍手喝采《はくしゅかっさい》した。

ジュディとニックはほかの警察官《けいさつかん》たちといっしょに、ズートピア警察署《けいさつしょ》のひかえ室《しつ》にすわっていた。

ボゴ署長《しょちょう》が正面《しょうめん》のデスクの前《まえ》に立《た》ち、口《くち》をひらいた。

「けさは、わが署《しょ》はじまって以来《いらい》のきつねの新米巡査《しんまいじゅんさ》もいるが、省略《しょうりゃく》する。まだ見習《みなら》いだからな。だれも気《き》にせんだろう。」

「新米警察官《しんまいけいさつかん》を歓迎《かんげい》するあいさつ状《じょう》に、そのせりふを入《い》れたらどうですか?」

ニックが署長《しょちょう》のきまりもんくを皮肉《ひにく》った。

「むだ口《ぐち》をたたくな、ワイルド。」

ボゴ署長《しょちょう》はぴしゃりといい、部下《ぶか》の割《わ》り当《あ》て仕《し》事《ごと》を発表《はっぴょう》した。ジュディとニックは、やはり最後《さいご》だった。

「ホップスとワイルドは……駐車違反《ちゅうしゃいはん》の取《と》りしまりだ。以上《いじょう》。解散《かいさん》！」

「駐車違反《ちゅうしゃいはん》の監視《かんし》だって警察官《けいさつかん》の仕事《しごと》よ。新米《しんまい》のあいだはがまんしなきゃね。」

ジュディがいった。

ボゴ署長《しょちょう》は思《おも》わずほほえみそうになり、あわてて表情《ひょうじょう》をひきしめた。

エピローグ

「うさぎのドライバーはみんな乱暴《らんぼう》なのかい、それとも、おまえだけか？」

ニックが質問《しつもん》した。

ジュディがブレーキをあらっぽくふんづけたひょうしに、ニックは前《まえ》につんのめり、手《て》にした棒《ぼう》つきアイスに顔《かお》をつっこんだ。

「あら、ごめんなさい。」

「悪《わる》がしこいうさぎだ。」

ニックは顔《かお》をぬぐいながらいった。

「あなたは、まぬけなきつね。」

「でも、おれのことが好《す》きなんだろ？」

「さあ、どうかな……ええ、ええ、そうよ。」

ジュディとニックは、顔《かお》を見《み》あわせて笑《わら》った。

突然《とつぜん》、赤《あか》いスポーツカーが、猛《もう》スピードで二人《ふたり》のパトロールカーを追《お》いこしていった。ニックはサイレンを鳴《な》らし、ジュディはアクセルペダルをドンとふみつけて急発進《きゅうはっしん》し、スポーツカーを追跡《ついせき》しはじめた。

スピード違反《いはん》の車《くるま》の前《まえ》にまわりこむと、二人《ふたり》はパトロールカーからおりて、運転席《うんてんせき》をのぞきこんだ。

「やあ……ニック……。」

ドライバーが口《くち》をひらいた。ハンドルをにぎっているのは、免許《めんきょ》センターにつとめるナマケモノのフラッシュだ。

なにをさせてものろいナマケモノが、スピード狂《きょう》だとは！　ジュディとニックは、あきれて目《め》をぱちくりさせた。


うさぎのジュディと、きつねのニック。古《ふる》い時代《じだい》には考《かんが》えられなかったユニークな組《く》み合《あ》わせだ。しかし、いま二人《ふたり》は、かけがえのない仲間《なかま》として、だれよりも信頼《しんらい》できる親友《しんゆう》として、新《あら》たなスタートを切《き》った。知恵《ちえ》を出《だ》しあい、力《ちから》を合《あ》わせれば、どんな難事件《なんじけん》でも解決《かいけつ》できるにちがいない。

二人《ふたり》はこれからも、ずっと前《まえ》をむいてすすみつづける――ズートピアの市民《しみん》をまもるために、そして、だれもが夢《ゆめ》をかなえられる街《まち》を実現《じつげん》するために。

『ズートピア』解説《かいせつ》

橘高弓枝《きったかゆみえ》

動物《どうぶつ》だけの世界《せかい》

ウォルト・ディズニー・アニメーション・スタジオは、ミッキーマウスを主人公《しゅじんこう》にした短編《たんぺん》を皮切《かわき》りに、『バンビ』『ダンボ』『ジャングル・ブック』『ロビン・フッド』『ライオン・キング』など、動物映画《どうぶつえいが》の傑作《けっさく》の数々《かずかず》を世《よ》に送《おく》りだしてきました。最新作《さいしんさく》の長編映画《ちょうへんえいが》『ズートピア』でも、人間《にんげん》は登場《とうじょう》しない動物《どうぶつ》だけの世界《せかい》を、感動的《かんどうてき》にいきいきと描《えが》きだしています。

〈ズートピア〉とは、動物園《どうぶつえん》（英語《えいご》でzoo《ズー》）と楽園《らくえん》（utopia《ユートピア》）を合《あ》わせた造語《ぞうご》です。文化《ぶんか》や生活環境《せいかつかんきょう》の異《こと》なる動物《どうぶつ》が共存《きょうぞん》する「動物《どうぶつ》たちの楽園《らくえん》」という意味《いみ》がこめられているのです。

夢《ゆめ》がかなう都市《とし》――ズートピア

「だれもが夢《ゆめ》をかなえられる街《まち》」というスローガンをかかげる市長《しちょう》のもと、巨大都市《きょだいとし》ズートピアでは、肉食動物《にくしょくどうぶつ》と草食動物《そうしょくどうぶつ》が平和《へいわ》に暮《く》らしています。

街《まち》には十二の地区《ちく》があり、気候《きこう》や地形《ちけい》も、あらゆる哺乳類《ほにゅうるい》の生態《せいたい》に合《あ》わせて調整《ちょうせい》されています。地区《ちく》ごとの境界《きょうかい》には、超《ちょう》ハイテクを駆使《くし》した巨大《きょだい》な空調《くうちょう》の壁《かべ》があり、寒《さむ》い地区《ちく》に面《めん》した壁《かべ》の片方《かたほう》からは冷《つめ》たい空気《くうき》が、暑《あつ》い地区《ちく》に面《めん》したもう一方《いっぽう》の壁《かべ》からは温《あたた》かい空気《くうき》が出《で》てくるという、奇抜《きばつ》な仕組《しく》みになっています。

小《ちい》さな田舎町《いなかまち》からやってきた新米警察官《しんまいけいさつかん》ジュディは、高層《こうそう》ビルと色《いろ》あざやかな美《うつく》しい街《まち》並《な》みに胸《むね》をおどらせます。そのころ、ズートピアでは十四件《けん》もの行方不明事件《ゆくえふめいじけん》が発生《はっせい》し、警察署《けいさつしょ》はてんてこ舞《ま》い。ジュディもばりばり仕事《しごと》をこなそうと、大《おお》はりきりです。

ところが、署長《しょちょう》は新米《しんまい》のジュディの能力《のうりょく》を信用《しんよう》せず、駐車違反《ちゅうしゃいはん》の取《と》りしまりを命《めい》じます。でも、前向《まえむ》きでがんばりやのジュディはへこたれません。二日間《ふつかかん》の期限《きげん》つきで行方不《ゆくえふ》明者《めいしゃ》の捜索《そうさく》を担当《たんとう》させてもらうことになり、情報《じょうほう》と手《て》がかりを得《え》るために、街《まち》にくわしいきつねのニックをむりやりまきこみます。

警官《けいかん》に協力《きょうりょく》する気《き》などなかったニックですが、ジュディの熱意《ねつい》にうたれ、やがて本気《ほんき》で手助《てだす》けしはじめます。事件《じけん》の真相《しんそう》に近《ちか》づくにつれ危険《きけん》がせまってきますが……二人《ふたり》のあいだにめばえた厚《あつ》い友情《ゆうじょう》と信頼感《しんらいかん》が、巨大《きょだい》な悪《あく》にいどむはげみとなり、強《つよ》い力《ちから》となるのです。

ユニークな動物《どうぶつ》キャラクター

うさぎの警察官《けいさつかん》ジュディ・ホップスは、正義感《せいぎかん》が強《つよ》く、チャレンジ精神《せいしん》にあふれた女《おんな》の子《こ》。体《からだ》は小《ちい》さいけれど、内《うち》に秘《ひ》めた闘志《とうし》やねばり強《づよ》さはだれにも負《ま》けません。

きつねのニック・ワイルドは、世渡《よわた》りのうまいぺてん師《し》です。彼自身《かれじしん》、きつねは〝ずるがしこい生《い》き物《もの》〟という固定観念《こていかんねん》にとらわれている面《めん》があります。ひょんなことからジュディとコンビを組《く》むはめになり、最初《さいしょ》はしぶしぶつきあいますが……。

ズートピア市長《しちょう》のレオドア・ライオンハートは、りっぱなたてがみをもつライオンです。プライドが高《たか》く、えらそうなところはありますが、王者《おうじゃ》らしい風格《ふうかく》をそなえています。

市長《しちょう》の補佐役《ほさやく》をつとめる羊《ひつじ》のベルウェザー副市長《ふくしちょう》は、どんな雑用《ざつよう》でも黙々《もくもく》とこなす小柄《こがら》で従順《じゅうじゅん》な女性《じょせい》です。目立《めだ》つ市長《しちょう》とはぎゃくに、ひかえめで影《かげ》がうすく、いつも損《そん》な役《やく》まわりを演《えん》じているようなところがあります。

ズートピア警察署《けいさつしょ》のボゴ署長《しょちょう》は、体《からだ》も声《こえ》も大《おお》きなたくましい水牛《すいぎゅう》で、いつもいばりちらしています。意地悪《いじわる》な印象《いんしょう》をあたえますが、見《み》た目《め》ほどこわい署長《しょちょう》ではありません。

クロウハウザーは警察署《けいさつしょ》の受付係《うけつけがかり》にふさわしく、いつもにこにこしています。あまいドーナッツに目《め》がなく、チーターらしからぬ太《ふと》った体《からだ》が特徴《とくちょう》です。

ほかにも、裏社会《うらしゃかい》のボスとしてならす小《ち》さいトガリネズミと、その手下《てした》の巨大《きょだい》なホッキョクグマ、ニックの相棒《あいぼう》フェネックぎつね、免許《めんきょ》センターで働《はたら》くナマケモノなど、キャラクターのおもしろさは枚挙《まいきょ》にいとまがありません。こうした動物《どうぶつ》たちは、わたしたちがもつイメージをくつがえすような意外性《いがいせい》のある設定《せってい》がされています。

作品《さくひん》のテーマと舞台裏《ぶたいうら》

この映画《えいが》の最初《さいしょ》の構想《こうそう》は、明《あか》るく楽《たの》しい動物映画《どうぶつえいが》をつくることでした。「動物自身《どうぶつじしん》が自《じ》分《ぶん》たちの住《す》む都市《とし》を設計《せっけい》するとしたら、どんな形《かたち》になるだろう?」と考《かんが》えたスタッフは、動物《どうぶつ》たちの生態《せいたい》を徹底的《てっていてき》にしらべあげるために、アフリカのケニアをおとずれて野生動物《やせいどうぶつ》とじかにふれあい、アメリカ国内《こくない》の動物園《どうぶつえん》や自然史博物館《しぜんしはくぶつかん》に足《あし》をはこびました。しかし、そうした調査《ちょうさ》に時間《じかん》をかければかけるほど、おもしろいだけではなく、もっと深《ふか》く掘《ほ》りさげた物語《ものがたり》にできるのではないかと考《かんが》えるようになりました。

わたしたちには、草食動物《そうしょくどうぶつ》と肉食動物《にくしょくどうぶつ》がなかよくできるはずがないという思《おも》いこみがあります。映画《えいが》の主人公《しゅじんこう》ジュディとニックも、最初《さいしょ》のうちはたがいに対《たい》して先入観《せんにゅうかん》をもっていましました。しかし、コンビを組《く》み、ともに行動《こうどう》するようになるにつれて、自分《じぶん》の先入観《せんにゅうかん》がまちがっていたことを学《まな》んでいきます。

固定観念《こていかんねん》を捨《す》ててたがいをよく知《し》り、みとめあう心《こころ》の大切《たいせつ》さが、この作品《さくひん》の重要《じゅうよう》なテーマの一つになっているのです。イメージやレッテルで相手《あいて》を判断《はんだん》することの危《あや》うさやおろかしさを、風刺《ふうし》しているともいえるでしょう。

なぞ解《と》きやスリリングな冒険《ぼうけん》、感動《かんどう》とユーモアが随所《ずいしょ》にちりばめられた、わくわくどきどきのファンタジー・アドベンチャー『ズートピア』を、小説版《しょうせつばん》とあわせてお楽《たの》しみください。

橋高 弓枝（きったか ゆみえ）
広島県府中市に生まれる。同志社大学文学部英文学科を卒業。訳書に、『マザー・テレサ』『チャップリン』『モンゴメリ』『エルトン・ジョン』『アンネ・フランク』『モンスターズ・インク』『リロ アンド スティッチ』『ファインディング・ニモ』『ホーンテッド・マンション』『魔法にかけられて』『パイレーツ・オブ・カリビアン』シリーズ、『ティンカー・ベル』シリーズ、『マレフィセント』などがある。

編集・デザイン協力
宮田庸子
洞田有二

写真・資料提供
ディズニー パブリッシング ワールドワイド（ジャパン）

ディズニーアニメ小説版 108
ズートピア

NDC933 222P 18cm　　2016年5月 1刷 2016年5月 2刷

作 者 スーザン・フランシス
訳 者 橋高 弓枝
発行者 今村 正樹
印刷所 製本所 大日本印刷(株)

発行所 株式会社 偕《かい》成《せい》社《しゃ》
〒162-8450 東京都新宿区市谷砂土原町3-5
TEL 03(3260)3221(販売部)
03(3260)3229(編集部)
http://www.kaiseisha.co.jp/

ISBN978-4-03-792080-7 Printed in Japan

本のご注文は電話・ファックスまたはEメールでお受けしています。
Tel: 03-3260-3221　Fax: 03-3260-3222　e-mail: sales @ kaiseisha.co.jp